面朝大海，春暖花开

《读者·原创版》编辑部◎编

孔學堂書局

图书在版编目（CIP）数据

面朝大海，春暖花开 / 《读者·原创版》编辑部编. —
贵阳 : 孔学堂书局, 2021.10
ISBN 978-7-80770-300-6

Ⅰ. ①面… Ⅱ. ①读… Ⅲ. ①散文集—中国—当代
Ⅳ. ①I267

中国版本图书馆CIP数据核字（2021）第168028号

面朝大海，春暖花开　　《读者·原创版》编辑部◎编

MIANCHAODAHAI, CHUNNUANHUAKAI

责任编辑：黄　艳　胡国浚
责任校对：胡　馨
责任印制：张　莹　刘　锋

出　　品：贵州日报当代融媒体集团
出版发行：孔学堂书局
地　　址：贵阳市云岩区宝山北路372号
　　　　　贵阳市花溪区孔学堂中华文化国际研修园1号楼
印　　制：大津行知印刷有限公司
开　　本：800mm×1100mm　1/32
字　　数：144千字
印　　张：7.25
版　　次：2021年10月第1版
印　　次：2021年10月第1次
书　　号：ISBN 978-7-80770-300-6
定　　价：38.00元

这样的风一吹过来我就特别想哭，
我知道我是被自己给感动的。

——《感动与自我感动——关于立春》

车窗外，万家灯火从眼前一一掠过，
却没有一盏属于他。

——《成长如蜕》

我宁可舍弃自己的生命。
反正世间没有人记得我，除了你，
只有你知道我在这里。

——《1900，他从未上岸》

所有执着最终都将归于空旷，
生命就是受伤和复原的过程。

——《当电影与旅人狭路相逢》

看来，在这个世界上，
除了政客和战争狂人，没有人不热爱和平。

——《诺贝尔文学大师众生相》

他的肉体在别人眼里也许是卑贱的，
但他却在苦难中、在别人鄙视的目光中坚守着自己高贵的灵魂。

——《总有一天》

前　言

《读者》大约可以代表我们人生的一个阶段，一段大部分人共同拥有的成长记忆。这段记忆里有青春的面孔和经典的文字，和着书墨的味道，不断带给我们启发和惊喜，就像人生时常会带给我们的那样。

《读者》也代表着岁月的流淌，更代表着无情岁月里的人情温暖。在这里等待你的，是打动心灵的经典美文，是曾经或即将带给我们无穷勇气与力量的励志故事。你所想要的、你所缺失的、你所迷茫的，在这里，都可以寻觅到答案。

《读者》还代表着一种品质，从杂志到图书，编辑们一遍遍从每年发表的文章中推敲、筛选，选择好的内容，再配上精美的彩插，汇编成书奉献给读者。

《读者·原创版》作为读者出版集团刊群中的一支新军，与《读者》的时代精髓一脉相承，又散发着自己的独特气质，是国内领先的综合性原创青年杂志。其拥有一支实力雄厚的作者队伍，这些优秀的作者用其独到的笔触为读者提供最好的阅读体验。自2004年9月创刊，《读者·原创版》一直坚持以文字记录时代与现实生活，用故事温暖亿万读者，得到了众多读者的厚爱和欢迎。文章以社会、情感、人物、心理、资讯为主线，集粹原创首发内容，各种思想在这里碰撞、融合，丰富而多元的内容集结，使《读者·原创版》在各类人文杂志中历久弥新，独具吸引力。

如果说人间有什么东西值得特别珍爱，无疑就是时光不能改变的东西，就是人心沉淀下来的东西。情感如此，文字亦如此。这套《读者·原创版》十年典藏精选美文系列（全四册），汇集了《读者·原创版》杂志2005—2014年精华篇章，每一篇都是经过时间淬炼，得到读者认可与喜爱的暖心佳作，纯美动人，生花妙笔，只为向热爱文字的你，献上一场文化盛宴。全套书，在进行细致的划分后，分为《面朝大海，春暖花开》《只为与你相遇》《生活，别来无恙》《写一封无法送抵的信》四卷，以便将十年精华文章以其发表时的原貌，全方位展现给忠实的读者。

其中，《面朝大海，春暖花开》是《读者·原创版》十年典藏精选美文系列中的文艺卷，本卷所选编的内容，既包含当代美文杰作，也包含了对现当代文学、文艺大师的深刻解读；有对时代电影的品评，也有对古典雅趣、诗意情怀的致敬，翻开这本书，属于这个时代的文艺气息扑面而来，以文字和阅读守护现世人生与诗性家园。

《只为与你相遇》是《读者·原创版》十年典藏精选美文系列中的情感卷，所选篇目涵盖青涩初恋、情感变奏、爱的箴言、婚恋人生、亲情乡情等内容，以真情至爱、至真至性的笔触，讲述最感人至深的爱的故事，讴歌人间的真善美。

《生活，别来无恙》是《读者·原创版》十年典藏精选美文系列中的励志卷，由极具感染力的心灵美文精选汇编而成，汇集了生活中最鲜活的点滴，展现了世人追求未来的希望和勇气。真实质朴的文字，讲述了一个个感人至深、发人深省的故事。让你在书中找到一份慰藉和希望，获得更多的力量和智慧。

《写一封无法送抵的信》是《读者·原创版》十年典藏精选美文系列中的心灵卷，荟萃有关人生感悟的精品散文，从舒缓压力、提升自信、拓宽思路、培养创造力等多个方面探讨培养内心能量的途径，是一本为读者用心打造的暖心读本。

我们期望借此打造出一套有思想的深度读物，从这个意义上说，这套书，不单是《读者·原创版》这十年来所有文字中最结实最柔软的那部分的汇总，更是一个个鲜活生命的冲突、较量与和解，一段段平凡人生的疼痛、眼泪和微光。

感谢你们，亲爱的读者朋友们，打开这套书，这样和我们相遇。

我们相信，书中总会有一个故事、一些人、一次邂逅，一段旅途，让你从别人身上看到了自己，无论是恋情的青涩、亲情的温暖，还是成功的喜悦、失败的痛苦，关于你的精彩时刻、青春时光，《读者·原创版》伴你共见证。

《读者·原创版》编辑部

目　　录

辑一

当电影与旅人狭路相逢

辑二

循着海明威的足迹

辑三

邂逅自己

辑一

当电影与旅人狭路相逢

感动与自我感动——关于《立春》

王樽

自我感动

电影《立春》的开头和结尾都设置了一段主人公王彩玲的独白："立春一过，实际上城市里还没有什么春天的迹象，但风就真的不一样了，这样的风一吹过来我就特别想哭，我知道我是被自己给感动的。"这段话堪称该影片的点睛之笔，不是说话语本身有多精彩，而是它贯穿影片始终，道出了大多数人的生活本质，也是整部影片的精髓。

从剧中人到主创者，《立春》所呈现的首先是自我感动，当然，同时期待感动别人。《立春》里的所有人物都有着"自我感动"情结。通过这种感动，影响他人，从而实现自己渴望的人生，但殊途同归地最后都无奈地放弃和认命。这是几个理想主义者并不意外的精神死亡，几个人都在标榜或者说痴迷着"为艺术，为爱情"，有的真情有的假意，程度不同而已。冷漠残酷的现实，让他们成了彻头彻尾的“不合时宜”，因此，他们精神的死亡无一例外地属于无疾而终，且是无足轻重的。

片中的绝对主角是边塞小城的音乐教师王彩玲，她有着天使般的歌喉，和与之形成强烈反差的丑陋容貌。她的理想就是到北京去，在金碧辉煌的国际大舞台上高唱其擅长的意大利歌剧，但她的理想只能是梦想。她实现理想的障碍很多，比如边塞小城与北京的距离、没有北京户口、没有到正规权威的音乐学校深造等等，最致命的还是她容貌的丑陋，近乎“惨不忍睹”。因此，王彩玲只能一厢情愿地生活在自己设置的谎言里——她很快就要调到北京的中央歌剧院。与她的谎言发生联系的几个人，基本属于“物以类聚，人以群分”的同病相怜的人：连续考了5年中央美术学院，却屡考屡败的炼钢工人黄四宝；喜欢歌剧和诗歌朗诵却又不乏庸俗的司机周瑜；痴迷芭蕾舞却因同性恋取向被人蔑称为“二胰子”的舞蹈老师胡金泉。显然，几个人都有着不同程度对“艺术”“爱情”的痴迷，其自身的“天然”缺陷与理想形成反差的同时，也与小城的艺术荒漠构成强烈的“对立”关系。司机周瑜有句“自我感动”的代表陈述：“我朗诵的普希金诗歌，在场评委没有一个不哭的！”

本来，形单影只的王彩玲是可以与“未来凡高”黄四宝走到一起的，王彩玲也确实投入了“对女人而言最深的感情就是爱情”的彻底奉献，但重色轻情的黄四宝却在酒醒后怒斥王彩玲“我感觉被你强奸了！”屈辱绝望之下，王彩玲盛装从高塔跳下，当然，她没能完成惊天动地的自杀，因为生活还要继续，她还要不断“被自己感动”。

不知是出自顾长卫还是出自影评人，有这样一句关于影片的表达：“这个时代有多坏，《立春》就有多好！”这句话酷似剧中王彩玲的台词。影片里的王彩玲一直靠“被自己感动”坚持着生活，实际上，如同影片里那个不合时宜的理想一样，顾长卫导演也是通过这部不合时宜的影片祭奠自己的“感动”。当这个世界上没有什么东西感动自己时，那就只好靠“被自己感动”来苟延残喘。如果非要与时代对接，可以说，“自我感动”是《立春》的中心所在，这是影片的悲哀，也是时代和我们每个人的悲哀。

刻意而为

蒋雯丽的演技几乎被众口一词地称颂，她因此获得了“罗马国际电影节”影后桂冠。影片将“意大利歌剧”作为艺术的符号化象征处理——主人公的痴迷、感动以及理想的破灭全部与此相关。不难想象，如此巨大的象征，对评委们有着怎样的冲击和打动。

这并不是说，蒋雯丽的获奖仅仅得益于对“意大利歌剧”的痴迷，实际上，她此次突破的标志，是自觉走向表演的最高境界——忘我。演员化身角色，“为艺术变丑”，不爱艺术中的自己，而爱艺术中的角色。这些给她的形体和表演带来切身的损害和挑战，也因此才有了“脱胎换骨”，才有了熟悉和喜欢她的人“难以置信”银幕上的形象居然由她塑造。谈到王彩玲这个角色，蒋雯丽说：“我觉得把这个人物设计得丑一些，就会让人感觉她距离自己的梦想更加遥远，在这样的情况下她还能如此坚持自己的梦想，那么她的遭遇就会更加引起观众的同情。”这个表白，恰好道出了该片主创者的倾向——刻意而为。在电影中，这个角色已经不是“普通到近乎丑陋”，而是真的丑陋，体形肥胖臃肿，龅牙凸嘴、满脸痤疮和黑斑。实际上，这种刻意的痕迹在片中还有形形色色的集中和放大。

最不可思议的是王彩玲，这个视艺术和爱情为生命的“异类”，这个视自尊和面子为至上的理想主义者，这个敢于穿着自己缝制的长裙跳塔自尽的女子，竟自甘成为一个街边卖猪肉的女人。这种戏剧化反差，与角色固有的个性实在是有很大的矛盾。影片结尾，我们终于看到在大歌剧院引吭高歌的王彩玲，作为一个梦想，这个镜头留在了最后——她热泪盈眶地在豪华乐队伴奏下放声高歌，并打出了“谨以此情此景献给王彩玲”的字幕。编导者的悲悯之心昭然，但如此臆想的安慰实在廉价和无力，与其说是为王彩玲圆梦，不如说是编导者向自己被感动的心致敬。当然，命运本质的不可捉摸，让任何存在都成为可能。但太多的刻意，让寻常的变得不寻常，自然的变得不大自然，本来丰富的底层生活反被缩水了。

家庭的大和社会的小

同一个编剧，同一个导演，同样关注的阶层，同一种影像风格。无论如何，导演顾长卫都难以使《立春》脱离处女作《孔雀》的影子，无数的观众也自然会将二者进行比较。

《孔雀》诞生于国产电影全线向资本倒戈的时代，主创者的姿态让人感受到某种久违的贴近、率性和纯真。《孔雀》以小家庭的视角，丰富的日常细节，众生相式的描绘，复活了一段历史的记忆，带给观众普遍的共鸣，同时伴随了难得的抚慰、解析和启迪。而影片呈现出的温馨、冷静、从容，以及不动声色、娓娓道来的风貌，都给观众以意外之喜。时隔三年，《立春》在千呼万唤中艰难诞生，除了仍葆有可贵的姿态，却没能增加更多的东西。这使人钦佩之余，不禁萌生太多的缺憾。

看过《立春》的人不难发现，两者的质地形貌如同孪生姐妹。除了故事的发生时间推后了十多年，基本的叙述姿态和视角没有改变，甚至连人物的渊源都各有连接。《立春》是将《孔雀》的局部放大，具体地说，是把《孔雀》中姐姐的故事——理想与现实的冲突，更加细致化、残酷化，且将姐姐一个人物延伸放大为几个人物同时来表现。

问题和挑战在此关节上毕现。《孔雀》讲述的虽然是一个小家庭的故事，但从父母到兄弟姐妹，各人有各人的趣味追求和生活轨迹，家庭是“社会的细胞”，小家庭的成员折射的是社会和时代的众生相。《立春》跳出了一个小家庭，化成了几个家庭的单个的人，有着更大社会观照的野心，按说应有更广阔的展示，却反而变得逼仄，其中的原因令人深思。

《立春》中所有的人物都是与现实格格不入的“异类”，重要如王彩玲，次要如自称身患绝症的农村少女高贝贝。用“二胰子”胡金泉的自述就是，他们是一些卡在城市咽喉中的“鱼刺”，“正常人”看到他们都会如骨鲠在喉。几个主要人物都与人们习惯概念里的“正常”有距离，比如，已经苦不堪言的王彩玲到孤儿院收养女孩，却选个兔唇的残疾孩子。

与《孔雀》一样，《立春》试图呈现的是社会“众生相”，但因集中在“不正常群体”，让这个“众生相”变得狭隘、单一，与普通人的生活产生了距离。因此，《孔雀》虽然只集中描绘了一个小家庭，却诱出了社会的广泛性、贴近性、代表性，其结果是“大”；《立春》虽然描绘了好几个家庭的代表人物，因为类型的相近，却呈现的是社会某个局部、特例、有代表性的个案，其结果反而是“小”。

绢恋：男人在爱的旅途中

秋子

绢，丝的一种，它洁净、柔滑，它是音乐，它是晶莹的雪，它是少女梦幻般的肌肤，它是隐秘的思念和情欲，它是一生洁白的挚爱，它还是一种挥之不去的哀伤和凄婉。

所有的这些交织在一起，就构成了一部叫作《绢恋》的影片，又名《异旅情丝》。

电影是导演的艺术，如果你看过《红色小提琴》，如果你为导演佛朗高·吉拉德所折服，那么你一定对他的这一力作《绢恋》满怀期待。

影片改编自意大利著名作家亚历桑德罗·巴瑞科10年前的经典同名小说，桑德罗·巴瑞科还是《海上钢琴师》的作者。在巴瑞科的作品中，萦绕着一种强烈而又虚无的爱，它让人感觉到无上的美和挥之不去的忧伤。个人理想与环境的冲突，爱情在命运的交织中最终归于一道唯美而不可即的彩虹。

温泉，氤氲的水汽，东方少女的黑发和额头，沉默的眼睛，哗哗的水声，这一切像梦一样神秘，影片就以这样一个梦来开始。

英俊的英国乡村青年埃尔维，当兵回乡后对美丽的海伦一见钟情，在百合花丛里，他们缔结了一生最美丽的盟约。纯洁唯美的百合与紫罗兰贯穿了全片，百合的高贵和紫罗兰的幽香就仿佛是海伦的化身，埃尔维曾献给海伦一个植满百合与紫罗兰的花园，他们相约：在花海中一起变老……

镇上来了一个精明的蚕商，他开办纺织作坊，于是，导演在镜头里刻意再现了古老欧洲小镇的纺织工艺。为寻找好的蚕种，埃尔维踏上了漫长的异国之旅。值得一提的是，导演对自然人文的唯美情结在这部影片中被渲染到了极致，每一个镜头都是绝美的风景，黄沙漫漫，雪山绵延，长河落日，跋山涉水，唯美的风笛和小提琴吟唱着旅途的寂寞与艰辛。

这是一趟危险的旅程，它绝不仅仅是商业行动，它是一个已婚男人的人生之旅，带着对妻子的爱恋，他会邂逅什么？是浪漫艳情，是异国惊险，还是不可预示的悲哀？

埃尔维最后到达日本幕府时代的一个村庄，小村庄被白雪覆盖，处处流露着东方的神秘。埃尔维见到的少女有一张东方古典美女的脸。她纤细的手指抚弄着茶具，她如丝的肌肤就好像是在抚摸你的身体一样。她不说话，星眼半开，柳眉低垂，那是最风情万种的挑逗，她是十兵卫的女人，是另一个雄性男人的宠物。

第一次走出英国小镇的埃尔维，第一次见到东方少女的埃尔维，乍见这种异国风情，已是目瞪口呆，神魂尽失。埃尔维闭上双眼，享受着少女如丝般的抚摸，她丢给他一张纸条，但他不认识日文。在一种朦胧而又强烈的情欲驱动下，在异国他乡，陌生的男人和女人，那一夜的激情和缠绵，从此占有了埃尔维……

妻子海伦终于盼回了长途归来的丈夫，海伦依然美丽圣洁得如一束百合，而丈夫的心，却被那张纸条上的字折磨得魂不守舍。那纸条上写得触目惊心：回来，否则我会死！

埃尔维不顾海伦的阻拦，以购买蚕种为名执意再次奔赴日本，那时的日本正值幕府动乱，早已失去了贸易价值。埃尔维心里装的是那有过一夜激情的神秘少女，因为她信任他：回来，否则我会死！

此时，把丈夫视作生命之爱的海伦，似乎已敏感地意识到丈夫的心正渐渐远去，他本可以守在她身边，过安逸富足的日子，可是他的心已经不再完全属于她了，他的心被另一个女人所牵引，这是海伦无能为力的。爱人在你面前，心却随人而去，你连那个人是谁都不知道，你甚至无法捕捉，你只是嗅到了一丝气息，这真是人世间最悲哀无奈的事。海伦失落不安，这个美丽的女人，她全身战栗着抖落一片花瓣，苍白、褪色……

混乱的日本村庄没有让埃尔维找到他思念的少女，他无视危险，辗转不肯离去，为此他几乎丢了性命，最后他比预期晚了两个月回到家乡，带回了一批已孵化的蚕卵。他的旅途宣告失败，同时也深深地伤了海伦的心。他罪大恶极，他污辱了自身。他对一个不属于他的女人魂牵梦萦，甚至完全不顾惜自己，不顾惜海伦的爱！可是他，依然是海伦无法释怀的爱人。

回乡的埃尔维收到了一封日文来信，他没有找到少女，她却给他寄来了信！埃尔维请城中的日本女人布兰切夫人翻译。那封信里萦绕着一种神秘的爱欲和哀婉。

“我亲爱的主人，别怕，别动，别出声，让我看着你，我们把那晚给了我们自己，你俯在我身上……永远没有尽头，你没看到吗？你会永远将头向后甩去，我将永远摇下我的泪水……请不要有片刻犹豫，为了让你忘却这个女人，她无悔地说声：再见！”

听完这封信，埃尔维浑身战栗，这封信让他更加无法忘记那个女人。此时日本已实行开放政策，去一趟易如反掌，但是，埃尔维看着平静的妻子，看着他以为对他的心猿意马一无所知的妻子，他没有再次踏上旅途。男人留了下来，和妻子旅行，生活，平淡而琐碎。

然而，平静的日子未能持续多久，海伦病倒了。躺在病床上的海伦说：“亲爱的，难道我们已经老了吗？”一句话让埃尔维的泪水流下。他想在妻子死前告诉她真相，告诉她他曾经背叛过她，可是海伦阻止了，埃尔维泣不成声。

美丽的百合渐渐地枯萎，花瓣的光泽全然消散。而海伦精心侍弄的那一个花园，那个两人相约一起老去的花园，依然繁花似锦，只是它的女主人，已经化作缕缕花魂。

海伦走后，埃尔维一个人在花园里过着凄凉孤独的日子，他日日思念海伦，没有了她，他感到生命的漫长和无趣。然而有些东西再也回不去了，就好像，有些人远行，就再也回不来了。

怀念妻子的埃尔维回忆往事，他觉得往事里似乎埋藏着一种玄机，海伦怎么会死呢？海伦说好了要和他一起变老啊！那封信，是怎么回事呢？再也没有了下文！

他好像悟到了什么，他再次辗转整个巴黎找到布兰切夫人，问她："那封信，是你写的吗？"布兰奇回答他："那封信不是我写的，是海伦！"

影片至此才达到高潮，在最后5分钟，谜底被揭开了，海伦，她开了一个残酷的玩笑，对她自己很残酷，对还活在人世的丈夫，却更是残酷。

"我亲爱的主人……我们该做的，都已做完，相信我，我的爱人，我们已经永远地完结，保留你的生命，不在我所及……为让你忘却这个女人，她无悔地说声：再见！"

是海伦，她以另一个女人的名义，倾诉自己的内心。她早已对他说了再见，她早已知道一切再也回不来了。

"我们该做的，都已做完，相信我……"她知道今后虽然他守在她身边，但是无论她做什么，无论她多么爱他，他们都无法再回到过去了，他已经玷污了她的爱！他那美丽的妻子，是心碎而死的啊！

命运在冥冥之中昭示了它的秘密，海伦心怀多年的遗恨和爱，直到死，她也没有向丈夫倾吐过。

至此，我的内心有一种酸楚涌动，为那个含冤含痴含爱含恨而死的女人。也许，人都是这样，尤其是男人，一生征途，总是被外面风景的奇艳所吸引，于是流连忘返，可他哪里知道，最好的风景其实就在身边，只是太熟悉所以被忽略，最爱你的人只是在身边默默地守候着你，却被你辜负，一段虚无的爱引你狂热地追逐，最后，它耗尽你的人生，带走你的纯洁和良善，留给你一生的罪过和悔恨。

这部片子也可视为展示男人心理的故事，从中可以清晰地窥见男人的弱点。短暂的幻想和诱惑都可能改变男人的决心和方向，男人更容易被感官事物蒙蔽眼睛。男人的心，越年轻越容易被本能的占有欲所蛊惑，继而一往情深并且满怀悲悯。

最遥远的和最近的，最熟悉的和最陌生的，这是神秘情爱世界的两种极端，也许我们在其中行驶的人，总是不满足于任何一种极端，总是在两端穿越。这边的，如红玫瑰，冷艳狂野；那边的，如白玫瑰，纯洁安静。然而，屋子窗边的白玫瑰，它只为你开放，也只为你凋谢。

值得一提的是这部片子强大的演员阵容，男主角由迈克尔·皮特出演，女主角海伦由“英伦玫瑰”凯特·奈特莉扮演，在中世纪的欧洲，在美丽的百合花园里，女主角有着惊人的花般的美貌。而饰演神秘少女的芦名星则是从数千名候选人中脱颖而出的新人，被视为日本传统美的最佳代言人。日本“影帝”役所广司、“影后”中谷美纪也都参演。

影片由日本、意大利和加拿大三国合拍而成，制作费用高达30亿日元。导演吉拉德致力于在大银幕上呈现美，他将西方的庭院拍得犹如莫奈的油画那样怡人，而镜头中的日本景色则带着水墨画般的风情。

卫生间里的婚姻课

郝延斌

就在路易斯回家之前，她的先生伊恩刚买了一大捧玫瑰回来，手忙脚乱地布置房间。鲜艳的花瓣从门厅前铺开，一直撒到床上。这是电影《严肃的月光》的开篇情节。

在好莱坞的爱情片里，大概再找不出一间屋子能像这样到处都弥漫着浪漫的颜色和气味。就连路易斯自己也不相信，她打开门，从眉梢到嘴角全都是惊喜。然而，在平庸的生活里出现的惊喜，背后往往都埋藏着隐忧——伊恩这般处心积虑，只是在等他的情人前来幽会，第二天一早便远赴巴黎。男人的航班都订好了，女人却被突然脱轨的生活搞得晕头转向。她让伊恩留下来，请求无效之后，她随手抓起一只花盆就砸了过去。

花盆准确地击中了伊恩的脑袋，然而这显然不是问题的要害所在。婚姻出现危机，人们总是火烧火燎地去寻找解决的办法，却不考虑导致危机的原因，而所有的未来其实都系于过去，路易斯也是如此。她将伊恩捆起来让他反思，可男人宁肯承认过去的情话都是谎言，也不愿回心转意。在撒谎说自己绝不逃跑之后，路易斯放开了他，可是刚刚得到自由的伊恩立刻夺门而逃。路易斯只好再次将他砸晕了绑起来。醒过来的伊恩发现自己的处境要比上次糟糕得多——他耷拉着裤子被路易斯捆到了马桶上。天知道两位同是女性的编剧和导演是怎么想到用这个令人难堪的场所来让伊恩领悟真谛的。不过可以肯定的是，她们并没有把“事故”的原因全部归于伊恩一人。这一堂卫生间里的爱情课，是同时讲给男人和女人听的。

第一个关键词是“需要”。他们也曾有过缠绵美好的时光，可是13年后，婚姻就像一道越来越暗的光谱，用聚光灯对准都照不亮。电影里有一个细节：路易斯将往日的照片投映到帘子上给伊恩看，但你会发现，帘子的褶皱在每张照片上都映出一条裂痕。路易斯是真心想要修补婚姻，她把自己弄成一副香肩裸露酥胸半掩的风情模样，但是无济于事，伊恩最大的改观只是由冷漠变成了沮丧。路易斯不明白，修补裂痕的方法不是弥合而是熨烫。她太强大，在所有的事情上都用不着伊恩，男人觉得有没有他其实都一样。但在银行接待员莎拉那里，他却看到了自己的价值。婚姻里的每一个人都需要有这种被需要的感觉，而这一点，我们和路易斯一样从来没有留意过。

伊恩很快就认识到了自己对路易斯来说有多重要，但他束手无策。路易斯使用了最后一计：她决定给伊恩做一顿美味的晚餐，通过温暖他的胃来留住他的心。糟糕的是她刚开车去了超市，盗贼就上门了，当着伊恩的面将家里的财物洗劫一空。更加糟糕的是，购物回来的路易斯也被打晕了，并被扔到卫生间的地板上。盗贼那双脏手甚至还抚摸了女人的胸脯，但是伊恩无计可施，他不得不为自己的领悟付出受辱的代价。或许生活教会我们的每一个善念，都是用这种看似不怀好意的玩笑来表达的。伊恩坐在马桶上，开始检讨自己的过错，流着泪向路易斯道歉。而那个在他看来曾是多么强大的女人，不知道有没有听到。那一句“对不起”才是她等待了很久的“我爱你”。只有那些始终觉得自己做得不够好不够多的人，生活才会给他更多，待他更好——“愧疚”是这堂课的第二个关键词。

第三个关键词隐藏在电影设计的秘密里。警察从卫生间里救出了伊恩和路易斯，不过他们无法解释这桩案件为何如此诡异——盗贼们拿走了其他所有的财物，路易斯的母亲送给这对夫妻的珍贵银器却还留在那里。多年后的一天，和好如初的夫妻碰到了当年入室行窃的家伙，路易斯若无其事地与之擦肩而过，而伊恩却在镜头里一脸疑惑。原来一切都是路易斯的策划，那群贼只是她请来帮助引导伊恩找回自身价值的“助教”而已。至于这个秘密是不是说婚姻并非一个粗枝大叶的主题，而是需要用心经营的细节，在秘密被透露的时候，电影院的灯光已经亮起，故事把问题交给了我们自己。

美丽有罪

王莹

购买一张影碟，仅仅缘于封面本身，如此荒唐的交易，在我身上只发生过一次。

那天，我去淘碟。在一大堆暴力、血腥、色情、惊悚等乌烟瘴气的碟片中，它蓦然出现：陈旧的昏黄色调，意境幽远深沉。近景是一个美女，娇娆地俯身，垂下满头诱人的青丝，目光却如水般沉静和忧郁；中景是位少年，穿着短裤，推着单车驻足回望，青涩的脸上写满惶惑；远景是教堂、街道、来来往往的行人，有着所有小镇的宁静、暗涌……

影片的名字翻译得亦是巧妙——《西西里的美丽传说》。神秘而感伤、性感而清澈，散发着地中海湿漉漉的海腥味儿。

于是，买了回去，郑重收藏。上网搜索后，我才惊觉自己的寡闻。原来它是意大利电影大师托纳托雷的“寻找三部曲”之一，继《天堂电影院》《海上钢琴师》后的又一部艺术电影。如果说《天堂电影院》是关于理想的寻找与回归，《海上钢琴师》是对未知世界的困惑与规避，那么《西西里的美丽传说》更多的则是成长的锐痛和对人性的拷问，把人性的美丑演绎得淋漓尽致。

故事的背景选择了战争年代，只是这里的战争更像一种背景音乐，无关主题，若即若离。当老式收音机里传来墨索里尼向英法宣战的嘶叫声时，小镇上的生活依旧有条不紊地继续着：男人在桌球室里宣泄体力；女人陷在无休止的家务活中传播流言蜚语；少年们拿着放大镜陶醉于一只无助的蚂蚁被活活烤为灰烬……

显然，这是一个精神空虚、灵魂麻木的群体，是世俗的常态。接着，在略略暧昧的夕阳中，在男性荷尔蒙涌动的海滨，风姿绰约地走来一位绝色女子，如同伊甸园那枚熟透的苹果，散发着蛊惑人心的邪恶魅力。刹那间，宁静的小镇沸腾了，少年们纵身飞上单车，一路尾随，春心萌动；男人们奔出房间，发出此起彼伏的唏嘘声，欲火中烧；女人们的口水开始飞溅，脸也因嫉恨而变得丑陋。

美女便是玛莲娜。诚然，美丽是上天的恩赐，但当美至极致时，这礼物便成为魔咒。玛莲娜的美打破了一种平衡，令人人深感自危。自然而然地，她成为全镇男人的意淫对象，成为全镇女人恶毒诅咒的主题，更是少年维利图性萌动期那不可告人的甜蜜隐痛。

故事是从维利图的偷窥开始的。难耐内心的饥渴，维利图偷偷爬上玛莲娜院里的大树，通过屋顶的一个小孔窥探女人的世界。那个世界里，有贞洁、寂寞、诱惑、激情与无奈，令少年或欣喜若狂，或潸然泪下。只是，少年永远只有偷窥的命运，充其量也只是朝诋毁玛莲娜的女人提包里撒尿，冲诬蔑她的男人饮料里吐口水，却自始至终没有勇气向心中的女神表达爱意。而少年的“性”，就在被压抑的爱情中茁壮成长。

我想，这正是导演的高明之处，将影片从一个寂寞少年的偷窥视角徐徐展开，从而令女主人公永远蒙上一层神秘的面纱，拥有超凡脱俗的韵味。更可贵的是，他慧眼识金选中意大利名模莫妮卡·贝鲁奇，这位被戏谑为“不诱惑男人简直是种浪费”的女演员把性感与美丽、肉欲与圣洁演绎得完美无缺。当她褪去内衣袒露私处时，当她拿着多汁的柠檬在饱满的乳房上擦拭时，她的眼神充满忧伤，一举一动流露出诗意。于是，那肉体美便褪去色情，升华至神性，如同面对提香的裸体圣女画像，没人感觉害臊，唯有敬畏与虔诚。

电影里，玛莲娜自始至终是孤独的、沉静的，穿着诱人的吊带丝袜，踩着彰显女性魅力的高跟鞋，衣着光鲜，一出场便令世界黯然失色。她没有朋友，丈夫因参战而远行，父亲听信谗言对她避之不见。但她却有尊严与坚守，永远挺直脊梁、姿态撩人地穿行在男人的垂涎与女人的诋毁中，留下满城惊艳与嫉恨。

其实，人类是欣赏美的。但是，美亦有界限。如果超越这个界限，那么美，或许便是一种罪过甚至灾难了。比如千金一笑的褒姒、倾国倾城的西施、集三千宠爱于一身的杨玉环、引发希腊十年战争的海伦……于是，我们说“红颜祸水”，而西西里岛的居民也坚定不移地认定玛莲娜是“淫娃”，“和全城的男人睡觉”，污秽不堪。只是，这到底是美丽的罪过，还是人性的丑陋与蒙昧?

战争如火如荼，但却丝毫改变不了小镇趣味的低俗。当丈夫阵亡的噩耗传来，玛莲娜成为寡妇后，生活更加鸡犬不宁。男人为她打架，母子因她成仇，夫妻为她离婚……她没了津贴，丢了工作。没人敢雇用她，女人们恨她，男人们害怕引发家庭战争。为了苟活，玛莲娜不得不妥协，大至打一场官司，小至换一块面包、一把白糖都沦为肉体交易。当父亲死后，万念俱灰的她彻底放弃了对贞洁的坚守，她剪掉长发，涂抹厚厚的脂粉，一屁股坐在娼妓中，叼起一根烟，高高跷起裸露的大腿。于是，男人们蜂拥递去打火机，女人们终于释然地笑了：“这样才对了嘛，瞧她，果然是淫荡的！”

看到这里，我的心里一阵刺痛，仿佛一把利剑猛然刺中心脏最柔软的部位。在这场博弈中，美丽失败了，丑陋胜利了。更可怕的是，它还被蒙上一层“正义”与“道德”的面纱，令深植于道德体系中的伪善与残酷昭然若揭。是的，数万年的进化早令我们失去了想象与怀疑，把思维僵化成一个固定的模式。我们想当然地认定“1+1=2”“美女一定淫荡”，自作聪明地用法律条文规范生活中的一切，这是不是另一种蛮横与愚昧?

美女的结局并没有太多意外。战争结束后，玛莲娜被妒火中烧的女人们以“与德国兵有染”为由揪出妓院，光明正大地用鞋底掴，用拳头打，用指甲抓，用扫帚抽，甚至剪去她的一头秀发。此时此刻，那些为她神魂颠倒、夜不能寐的男人袖手旁观，礁石般生硬冷漠。最终，遍体鳞伤的玛莲娜捂住近乎赤裸的身体发出一阵凄厉的哀号，然后，老鼠般仓皇逃窜，留给少年维利图一个绝望、惨淡的背影。

故事到这里本可以合情合理地结束，但导演却生生加了一个尾巴：一年后，缺少了美女的小镇平静如湖水，即便那水下隐匿着暗流、漩涡以及火山。突然，清脆刺耳的高跟鞋声再度响起，如同一块巨石砸入湖中，惊起滔天巨浪——玛莲娜又回来了，挽着她死里逃生的丈夫，眼神忧郁，姿态庄重高贵。

随着夫妻二人慢慢走近，惊慌的人们发现，那具有杀伤力的美丽已经不复存在。她胖了，臀部下垂了，眼角长皱纹了，头发干枯了，装扮平庸了……于是，人类的良知与善意悄然抬头。当不再美丽的玛莲娜在菜场买菜时，当她淡淡地向昔日的敌人道早安时，冰山轰然崩塌，大家争着抢着往她包里塞礼物，送去阵阵祝福。至此，美丽终于与生活握手言和。

看似喜剧的收场，实则是悲剧的极致。仿佛导演抡着一个大锤，正欲悲愤地砸下来，却突然停住，留下一个苍凉的、耐人寻味的姿势。那不是绝望，更非投降，而是一种更深意义的反讽与拷问，如同端了一架高倍显微镜，令人类灵魂的虱子无处可藏，触目惊心。

说到底，我们是同情弱者，而不是欣赏强者的；说到底，我们是更热衷于落井下石而非雪中送炭的；说到底，我们多多少少都有点儿唯恐天下不乱的小人之心。正如王刚的《英格力士》一书中所描写的：“每每邻居爆发战争，父母的脸上总会流露会心的微笑，连吃饭都变得更香……”

相信王刚在写这段话时，内心一定经历过挣扎；相信托纳托雷在拍这部影片时，更是鼓足了勇气。毕竟，我们习惯于同情别人的伤口，但却没有勇气面对自己的伤疤。

爱因斯坦的确是位智者，他的相对论可以涵盖整个宇宙。世间万物都是相对而言的，“高”相对于“低”，“大”相对于“小”，“美”相对于“丑”，“白”相对于“黑”……比如我们需要利用别人的不幸来映衬自己的幸福，需要通过别人的贫穷明白自己的富裕，但我们绝不需要通过别人的美丽照亮自己的丑陋。所以，当美丽袭来时，当美丽威胁到自己时，为了自保，我们便会本能地扼杀打击，并为行为本身涂抹一层“道义”的脂粉。

再回归电影本身，罪过在谁？是美丽还是人心？关于这个问题，2001年，国际电影评委们给出了答案，挑剔的影迷们更是早有定论。这部影片不仅获得了2001年奥斯卡最佳摄影、最佳配乐以及金球奖最佳外语片、最佳配乐等多项大奖提名，更于大大小小的评比中获奖无数，而赞美与评论自影片诞生之日起便从未中断。盛誉之下，名副其实。我想，这便是最好的答案。

绝世舞步

吴克诚

大雨浇不灭爱情之火

《雨中曲》是一部拍摄于1952年的歌舞片。半个多世纪的光阴匆匆掠过，二八佳丽成了掉光牙齿的老祖母。虽然岁月不饶人，虽然江山代有美人出，但老祖母在新贵旧宠面前，依旧神采奕奕，不老的宝刀不挥则已，一挥依然削铁如泥。

《雨中曲》说的是好莱坞从默片时代转为有声片时代的片场趣事：洛克与莱梦是一对银幕搭档，两人明里是电影公司与媒体联手炒作出的绯闻男女，实则是莱梦剃头挑子一头热。

话说默片大势已去，有声片的列车轰隆轰隆开到了眼前，莱梦的嗓音像破锣，不开口则已，一开口，只怕会吓跑观众。电影公司不愿销毁炒制好的熟货，万般无奈，只好请洛克的女友凯西出马给莱梦配音，借她的嗓音救观众于水火。

公司出炉的第一部有声片一炮而红，莱梦在铺天盖地的掌声中忘了自己姓什么，不但要凯西终生为奴给她修补破锣音，而且还要求电影公司以她的名字命名，一干人等，都要听她的。这一番指令犯下众怒，在她于台前现场演唱时，洛克和朋友以及电影公司老板一起拉起大幕，幕后主唱现出真身，真身一闭嘴，莱梦一下子成了屹立在舞台上的无魂僵尸。

洛克的扮演者是美国影星金·凯利。金·凯利1912年8月23日出生于匹兹堡，他从小喜爱运动，这不仅让他在打架时身手不凡，也为他以后在歌舞片里又唱又跳做好了铺垫。1951年，他给《花都艳舞》设计舞蹈并出任男主角，在奥斯卡颁奖典礼上，《花都艳舞》一举囊括最佳影片、最佳剧本等6项大奖。此后他主演的《雨中曲》虽没取得《花都艳舞》那样的成就，但照样令人难忘。

片中有这样一个镜头：洛克在夜色中吻别女友，冒雨回住所，他难掩爱的喜悦，挥着雨伞，在雨中跳起舞来。

在这出压轴大戏里，金·凯利撑伞、摇伞、收伞、跳上路灯底座、戏水、对警察点头、耸肩、傻笑……整套动作，载歌载舞，一气呵成。尤其是他伸展双臂，微闭双眼，摆成“大”字仰头淋雨的镜头，青春的气息咄咄逼人，却又无欲无求，直看得我这等对谐星一向反胃的人欲罢不能，一颗早过了青春期的心蠢蠢欲动，立马想拿一把伞冲到楼下效一回颦。可惜我没有金·凯利那样的“舞功”，身边也没有合适的人选让我抒情，再加上已是凌晨，在小区楼间穿着黑衣拿着雨伞跑来颠去，若是让草木皆兵的社区保安看见，十有八九要把我抓起来送往疯人院。思前想后，只好含恨作罢。可那热情似火的镜头，惹得我一宿没有合眼。我年轻的朋友们啊，一定要趁年轻把这个镜头演练一番，别像我这样留下终生遗憾。

舞动奇迹

最神奇的舞蹈出现在《闻香识女人》里。这“最”字的持有者不是金·凯利那样的青春少年，而是一个退休的美军中校。人生的太阳虽滑向西山，却照样映得山河灿烂，不过中校看不到这美景，他在一次事故中失明了。

电影开头，他院子里的树正在落叶，他的屋里拉着窗帘，阳光从缝隙射进来，但是照不到他——他坐在阴影里。上帝收回了他的视觉，却又给了他超常的嗅觉作为补偿：飞往纽约的飞机上，他一下就叫出了空姐的名字，因为“她涂了英国古龙香水，又有加州口音，加州妹梦想成为英国淑女”，所以他叫她“达尼”；餐厅里，他闻出女孩用了“奥加姐妹”香皂，并能感觉出她貌若天仙；绝妙好戏是他要教女孩跳探戈，女孩前怕狼后怕虎，他诱导她：“探戈里无所谓错步的，不像人生。它简单，所以才棒，要是踏错步或绊倒了，继续跳！何不试试？”

我心目中的探戈一直是这样的：暧昧迷离，欲迎还拒，步步缠绵，就像《春光乍泄》里张国荣跟梁朝伟在厨房里跳的那样，跳起来就不想罢手，恨不得一曲白头。《闻香识女人》里的这段探戈却爽朗豪放，是人情练达武功绝世的剑侠带着一个小女人走在阳光大道上。这是舞蹈的至高境界：天眼洞开，阳光普照，脚下到处都是路，条条通罗马。

中校的扮演者是艾尔·帕西诺。这位意大利移民后裔出身贫寒，曾6次获得奥斯卡金像奖提名，但都与小金人失之交臂。我第一次看到他是在《教父》里，他跟马龙·白兰度演对手戏。他虽年轻，演技却老辣，只是马龙·白兰度这棵树太高，所有的地盘都在他的庇荫下，旁人很难插得进脚。1993年，在第65届奥斯卡金像奖颁奖典礼上，他终于凭借在《闻香识女人》里的精彩表演修成正果——昔日的树，终于枝叶参天了。

成长如蜕

吴克诚

青春的眼睛应该是这样的：明亮、锐利，眼皮一抬就能发出电光石火，不战就可以杀死一头要扑上来为非作歹的老虎。《燃情岁月》里，布拉德·皮特饰演的崔恩斯坦就有一双这样的眼睛，明亮清澈，深不见底，不但能杀死入侵的老虎，而且还能收复在远处观望的“母老虎”。

青春的眼睛当然也有黯然的时候。许多年前，还在发育期的郭敬明在《幻城》的扉页上给自己下定义，说自己“一半明媚一半忧伤”，这句话，切中肯綮地概括出年轻的心的成分是由“明媚”与“忧伤”组成——青春的花朵表面明媚光鲜，其实在光鲜的花叶底下，正有牛粪在暗“臭”浮动。

许多因素都能成为暗“臭”浮动的牛粪。《心灵捕手》里，马特·戴蒙饰演的数学天才童年时受过继父虐待，阴影伴着他一路成长，青春的心因此紧紧关着大门，里面即使苔痕上阶绿，也不想打开晾晒。电影里多次出现这样一个镜头：他孤独地坐在摇晃的夜车上，车窗外，万家灯火从眼前一一掠过，却没有一盏属于他。

也有许多青春期的忧伤来得莫名其妙，它会在你看落花或者听一首老歌时“咚”的一声与你撞个满怀。来头小，劲道却大，让人只觉得天塌地陷，厉害的时候，生不如死的感觉都有。这方面的代表人物是《无因的反叛》里的吉姆。电影开头讲这位兄台在外面喝酒，醉到六亲不认，即使在警察局里当着父母的面也敢吆五喝六，像个能单指托天的“巨无霸”男人。在家里他却用奶瓶喝奶，稚嫩的脸阴晴不定，一不小心还会普降甘霖——“巨无霸”男人成了要妈妈拍屁屁唱摇篮曲的婴儿。他上学迟到，打架，看到同学故意用刀扎破他的车胎会心乱如麻。“怎样成为男子汉”在他嘴边四季常青，为了证明他是一个男子汉，他跟同学深夜在悬崖边飙车，比谁能在车要落崖的一刻从车中跳出来，结果，他的倒霉同学驾车做了悬崖上的自由落体，男子汉成了犯罪嫌疑人。他战战兢兢，东躲西藏，证明他原来吃的是假豹子胆。

吉姆的扮演者是20世纪50年代的美国影星詹姆斯·迪恩。他一生只演过三部电影：《无因的反叛》《天伦梦觉》《巨人传》。1997年，《帝国》杂志举行百名电影明星票选，詹姆斯·迪恩凭借这仅有的三部电影名列第33位。他演的角色都是正值青春期的少年，银幕外的他也正值青春期，叛逆放任得一塌糊涂。他喜欢穿夹克跟牛仔裤：夹克远离小腹，一门心思要上达天庭；牛仔裤则摇摇欲坠，一门心思要下到九泉——一身行头吊儿郎当，没有一点绅士相。拍《天伦梦觉》时他随身带着一把枪，不拍片时就一个人待在化妆间跟枪玩。拍《巨人传》时，他悄悄避开众人，半夜开车去捉野兔。演戏时他喜欢即兴发挥，常常把导演气得死去活来。据说他的伯乐导演伊莱亚·凯赞许多年后提起他依旧咬牙切齿，幸亏有护法随侍左右捶背抚胸平息他心中的怒火，否则伯乐的一口老牙怕要碎得一个不剩了。没人能号准他的脉，他也从不把手给任何人——他只跟银幕里的角色惺惺相惜。1955年9月30日，特立独行的詹姆斯·迪恩驾驶一辆保时捷与一辆福特车相撞，这次他没有来得及跳车，死神一把拽住他，没再把这个“世纪偶像”放回来——那一年他24岁。

还好他没有沉溺于毒品。毒品是青春期里最容易上手的致幻剂，迷惘的少年看不到前路，常常借它来拨开云雾：《猜火车》里的男孩，吸毒吸到恍惚，总看到房顶上死去的婴儿向他爬过来；1993年10月31日，23岁的威尼斯电影节影帝菲尼克斯因吸毒过量倒在朋友的俱乐部门前；奥里弗·斯通的电影《大门》里，28岁的摇滚巨星吉姆·莫里森因吸毒死在寓所的浴缸中……用毒品疗青春的伤，正如饮鸩止渴，即使活着，也是身在人间，心陷地狱。

青春期里容易上手的致幻剂还有爱情，只是发育中的少年往往会混淆“爱情”跟“敬慕”。《钢琴教师》和《教室别恋》里，男孩爱上的都是自己的老师。钱钟书说，老头子谈恋爱像老房子着了火，烧起来没有救的。男孩子初试身手，敬慕加上分泌旺盛的荷尔蒙，烧起来消防队也无可奈何。好在火舌终要熄灭：《钢琴教师》的最后，男学生强奸了他的女老师；《教室别恋》的最后，史迪踹倒女教师的讲桌，提着书，坚定地走出学校大门——青春期里轰轰烈烈的爱，成了马拉松长跑前的热身。

每年夏天，都会有一些“青春炸子鸡”像史迪那样走出校门，离开前，总会有一些“小鸡雏”拿着本子，虔诚地要我这个“留守老鸡公”为他们留下人生箴言。“小公鸡”们的脸经过3年进化已显出棱角，脖子不知不觉地扬着，青春的羽毛激动地张开，迫不及待地要初试啼声。“小母鸡”们当然也不甘示弱，她们一路“咯嗒”着要给平生的第一个蛋找个好窝。每当这时，我这个心如止水的半老“徐爷”就会打肿了脸充教父，借那些电影来旁敲侧击，杞人忧天地给他们如下三条建议：

第一，青年人当然应该活出个性，如果你喜欢在耳朵上戴一个接地长耳环，或者在光头上戴一个顶天大风车，这都没有什么不妥，但在个性化自己的同时，一定要附带着准备几件水陆并用、刀枪不入的无缝盔甲，并且走路时要眼观六路、耳听八方，以防被唾沫星子淹死，或者被暗箭射死；第二，不要酗酒，更不能尝试毒品，如果实在按捺不住好奇要尝试，前提是你手里要握有制造“后悔药”和“起死回生药”的药林秘籍；

第三，彼此相爱才能亲密接触——说到这里，我常要借用《彗星美人》里贝蒂·戴维斯的那句著名台词——不管跟谁亲密接触，都要“绑好你们的安全带”……

这时，“炸子鸡”们就会笑起来。我喜欢看这些青春的笑脸。可叹人生不只有欢笑，走出校门只是万里长征迈出了第一步，蝉背上的壳刚裂开小缝，更剧烈的痛楚就要一波一波地涌上来了。

漂泊啊，漂泊

王樽

一

如果选择某种古今颇具通感的情绪，我想漂泊应该是其中比较突出和普遍的一种。在《过零丁洋》一诗里，文天祥对此有着痛彻心扉的表达，但人们大多只记得结尾“人生自古谁无死，留取丹心照汗青”的豪言壮语，对诗前边的人生回顾——“辛苦遭逢起一经，干戈寥落四周星。山河破碎风飘絮，身世浮沉雨打萍”是忽略不计的，而中间的“惶恐滩头说惶恐，零丁洋里叹零丁”则被许多人当作迷茫的消极情绪看待。殊不知，那才是存在的切肤之痛，是人生在世的本质真相——雨打浮萍一样的漂泊。

十年间，我曾两次观看根据帕斯捷尔纳克的小说《日瓦戈医生》改编的电影，每次都受到极大震撼。这部三个多小时的史诗巨片，比小说更直观生动地传达了个人在大时代的风云变幻下像“飘絮”一样的无奈浮沉。因为连绵征战、政权更迭、内忧外患，很多俄罗斯人都成了身不由己的漂泊者。经历了无数劫难的一对乱世情侣在冰天雪地中重逢，拉娜对日瓦戈说：“我们本应该结婚，有房子和孩子……”她甚至问日瓦戈如果有孩子，想要男孩还是女孩。日瓦戈却没有拉娜那么浪漫和轻松，觉得考虑这些太过奢侈和不切实际，他说：“如果总去想过去那些事情的话，我们会发疯的。”影片结尾基本再现了原著：年已不惑的日瓦戈坐在巴士上，车过莫斯科的街角，他看到马路上一个步行的年轻女人，他确认那是久别的拉娜，就挣扎着下车，但心脏病突发，趺趺撞撞地倒在人行道，死在颠沛流离的漂泊路上。

拍电影时，为了让日瓦戈的错觉更可信，路上的年轻女人是用了扮演拉娜的同一演员。我曾对比原著的描述，发现小说完全没有电影的暗示，只是说日瓦戈想到了她，产生了恍惚的错觉而已。没有实质，只有幻影，这才是漂泊者的宿命，比戏剧化的电影更惊心动魄。

而在意大利导演托那拖雷的《海上钢琴师》里，那个不知道父母是谁的1900干脆就像一片浮萍。他从来没有踏上过陆地，至死也没离开那艘飘摇的大船。虽然他还相信“只要你有好故事可以讲，只要有人肯定，你就还没有完蛋”，但他还是不无伤感地慨叹“社会是艘太大的船”，他惧怕融入，并最终确信“圣人查阅生死簿，查不到我们的名字……”

我们之所以可以对此长久地产生共鸣，不是因为那些格言警句，不是因为那些所谓精神升华，更不是因为圆满的情感故事，它们也许有一些，但是很次要很表面，骨子里并不是那些理念性的东西，而是人如浮萍般的随波逐流，是缺乏坚实依靠的虚弱，总之是契合了每个人根深蒂固的漂泊感。

二

漂泊就是行止无定，不停地寻找“永远的栖身之地”，然而寻找“永远”，却往往只得到了“临时”，总是与“永久”失之交臂，构成了漂泊者“在路上”的“流民”情绪。我在海南生活时，曾几次前往海口的五公祠拜谒。这五位先贤既是落难英雄，又是勉强维生的流民。也许两者本来就是一回事。本质上，古代被流放的先贤们和今天无数背井离乡的打工者，有着诸多的相似点。虽说是千年沧桑，人的境遇并没有多少根本改变。我们的选择空间仍是那么狭小。

很长时间以来，我都在关注贾樟柯的影片，他的作品差不多都是在阐释漂泊，表达在巨变时代的中国个人选择的局促和艰难。他的“故乡三部曲”——《小武》《站台》和《任逍遥》，表现的是自己故乡的那些精神漂泊者的异己存在，他们“人在江湖，身不由己”，看起来广阔的选择天地实质却极其逼仄，只能没有明天地随波逐流。这不仅是故乡的问题，也是中国乃至世界的问题。到了《世界》和《三峡好人》，这种无根的漂泊就越发普遍，甚至成了某种国家行为，阐发其中的内涵，会发现内里有着民俗学或社会学的丰富认知。我想，《世界》《三峡好人》和他未来的某部作品，可以构成与“故乡三部曲”对应的“异乡三部曲”。不论是“故乡”还是“异乡”，弥漫的都是当下中国人归属不明、家园迷失的漂泊情绪。

在《世界》里，赵小桃和她的男友都是从小城镇来到大都市的，他们是闯入者也是漂泊者。对于大都市，他们有自己的憧憬、期待，也有自己的情感世界、人事纠葛，甚至有知足者的麻痹。但归根结底，他们是没有根基的浮萍一族，没有恒产，甚至连温饱也难以确保，虽然“从曼哈顿到金字塔不用十秒钟”“给我一天，我会给你一个世界”的现代化假象可能在某些瞬间麻醉自己，但“借酒浇愁愁更愁”，虚妄的“大同世界”梦幻破碎后，带来的是更加没有着落，更多的虚空，这就注定了他们与现实的矛盾难以和解，必要的恒心是缺乏的，未来的方向也十分模糊。因此，他们的底色仍是迷惘。

《三峡好人》以交叉叙述的两段情感故事，表现了当代中国社会巨变中普通人的颠沛流离：煤矿工人韩三明从山西汾阳来到四川奉节，寻找16年前被拐卖而后被公安人员解救回乡的妻子；女护士沈红从山西太原来到奉节，寻找两年未归的丈夫。该片本是贾樟柯在三峡拍纪录片时灵感突发的即兴之作，结果意外地成为他具有里程碑意义的名篇。2005年夏天，我在深圳采访贾樟柯，当时他刚从三峡归来，说到《三峡好人》，他称骨子里是部武侠片，因为三峡很像江湖，来来往往的人群，漂泊不定的码头。只是故事里的男女行走江湖不是为复仇，而是为解决情感问题。这实在是很有意味的表达，事实上，影片中的一男一女，确乎就是漂泊江湖的两个侠客，他们虽然没有身怀绝技，却都有着固执的情感秘籍。片中的每个人都是一条微不足道的溪流，在三峡的大码头上漂泊汇集，然后再各奔东西。

如果说《世界》里的人多的是迷惘，那么《三峡好人》里的这些“江湖人士”则是迷惘之后的无奈。《三峡好人》的英文片名叫《静物》（Still Life），如果不是因为市场作祟，英文片名似乎更传神也更具有象征意义。强调英文片名很有必要，因为它涉及了影片的内核。影片分烟、酒、茶、糖四个段落，这四个名称也是静物。按照贾樟柯的本意，此四物被突出，不仅参与到叙事，更表明它们是中国人最基本的物质依赖，是能带来欢乐的最简单物质。静物的更深层次当然是人物的指射，我们看到，不论是男女主角，还是他们分别寻找的亲人，还有江船上的各色乘客、拆楼的民工、下岗的工人、摇船的老大、旅馆的掌柜……这些丧失或正在丧失家园的漂泊者，同时也悄然丧失着自己的精神寄托。当物质的家园已不存在，那些无形的精神家园又在哪里呢？巨变下无足轻重的芸芸众生，构成了我们社会最大的静物群落。

《三峡好人》并不是一部传统的现实主义作品，它最终赢得威尼斯电影节的金狮大奖，绝不仅仅是朴素地呈现了小人物的悲欢。甚至影片也并非想刻意塑造片名呈示的好人，至少不是传统意义上的塑造，而是要揭示在日新月异的中国，所谓现代化如何在建设的同时遭遇废弃，曾经生龙活虎的人如何无奈地蜕变成静物——它构建的是后现代中国的寓言。从这则寓言的核心，我看到漂泊的静物——在时间的河上，他们只是“看上去很美”。

海明威的《乞力马扎罗的雪》有个意味深长的开头，说在乞力马扎罗山的西高峰近旁，有一具已经风干冻僵的豹子的尸体。作家漫不经心地写道：“豹子到这样高寒的地方来寻找什么？没有人做过解释。”这个开头曾深深地吸引了我，第一次读心便为之一颤，隐约觉得那豹子该是一种象征。我常常想到那非洲高山上风干的豹子，想到那雪域高原上的漂泊者，不知该为它感到悲壮，还是该为它感到悲凉。

是的，没有人解释豹子到高寒的山上寻找什么，正如没有人能够真正解释漂泊者为什么漂泊。

1900，他从未上岸

谢胜瑜

我不曾留意《海上钢琴师》这部电影是哪年拍摄的，我只记得两个多小时里，我的灵魂仿佛搭上了一艘音乐的船，一艘精神的船，来到了广阔无边的静夜中的水域。

没有父母，没有出生证明，也没有名字，他被遗弃在钢琴上。然后，船上的铲煤工捡到了他，给他取了一个名字叫1900。

小小的1900把脸贴在船窗上，看海水蔚蓝，看岸在远方，双脚却忠于内心，不曾离开过他的生命诞生地——弗吉尼亚号一步。

在1900刚刚8岁那年，收养他的铲煤工意外死亡。就在牧师把铲煤工的尸体抛入大海的时候，有一种声音吸引了1900。1900朝着声音发出的方向，问大人这是什么，他得到的回答是两个字："音乐。"

有一天，船上的人都睡熟了，却突然被钢琴声吵醒。满船的人走向钢琴，发现一个小孩坐在钢琴凳上弹着无谱的乐曲。船长告诉他说：“1900，你不可以弹琴，这不合规矩。”

年幼的他回答：“规矩全都滚蛋。”

或许正是因为1900的不谙世事、无视规矩，他才能在音乐里成长、沉醉，并成为船上无可取代的钢琴演奏师。无数男女在他的旋律里纵情欢乐，水样流淌的琴音里婴儿在母亲怀里吮吸乳汁，而他则在自己的钢琴声里神游世界。

船在美国靠岸的时候，所有的人都在为自由女神而欢呼雀跃。有人问1900：“你为什么不上岸？你就上一次岸，好不好？亲眼看看这花花世界，在岸上，你会大红大紫，会发财，会住豪宅、娶老婆。”

大红大紫、发财、豪宅、老婆，这么多的好处，无数人心向往之，可1900却不为所动：“陆上的人喜欢追根究底，虚度了许多时光。冬天忧虑夏天的迟来，夏天担心冬天将至，所以他们不停地到处走，追寻一个遥不可及的四季如春的舒服的地方，我并不羡慕。”

1900近乎愚顽的回答，让我在刹那间泪流满面。那一刻，我想起了我已经长眠于地下的父亲。父亲是一个不知钢琴为何物的庄稼人，却和1900一样有着独一无二的生命琴音和承载他躯体的心灵船只。记得我又一次出远门的时候，父亲拦在我面前，对我说：“外面太大，太不容易，你要小心。”一生与世无争的父亲用担忧的眼神望着我，仿佛我就要去服刑。但我跟父亲不一样，我喜欢那种走在路上的感觉，喜欢那种从熟悉走向未知和新鲜的感觉。为了不待在一个地方发霉，我一次次被某种虚无牵引着越走越远。虽然一次次为现实所伤，一回回感到疲惫，但每次回到家，当我用一双自以为经了风雨见了世面的眼睛盯着父亲粗粝的脸和有些脏乱的灰白头发时，心里还是觉得父亲活得不值。要知道，年过古稀的父亲竟然从来没有走出过县城！

我一直觉得自己只是一颗游离于父亲之外的精子，因为在他有生之年我从未真正理解过他，就像很多人不理解和旧船一起炸飞的1900。我根本就不知道，船是1900的全部世界，父亲生活的村子也是他的全部世界！他在他的世界里娶妻生子，耕种生息，漫步闲谈，生活已经足够丰富，心里已经装得满满的了。

就这样，父亲在他热爱的村子里做着自己的国王，直到卧床病危。那一段是我们家最喧闹的日子。全村一百六七十户人家当家主事的，无论男女，都来到父亲床前，问父亲吃了些什么没有，精神比昨日好些了没有。他们把东西交到母亲手里，把钱塞在父亲掌心里，然后在火盆边坐下来，聊些家长里短。这般人来人往的情形，让看多了人情冷漠的我感到温暖而又陌生。

就像想不通父亲为什么从来不愿离开村子一样，我想不透病床上的父亲是靠什么聚拢了这么多人——现在我知道，父亲从没走出过的老家村落就是他的弗吉尼亚号！原来，每一个人的灵魂都有它栖息的地方，一个人也只有找到灵魂栖息的地方，他的一生才会过得安宁、自得，才会真正快乐。我终于明白了老家村落对于父亲的意义，也知道了父亲这一生活得多明白，多惬意，又是多值得！

永远不要看轻一个沉醉和执着的人，无论在你看来那是多么不值甚至愚蠢！或许越是你感觉匪夷所思之处，越有可能是对方的本质和灵魂依托之所。生命的快乐和意义源自哪里？一个村落，一艘船，一个人，一段爱情，一份事业，一种操守，一种爱好，一个心愿……只要你沉醉着，坚持着，不背弃，不离开，人生的快乐和意义就会像秋天树上的果实一样闪耀于你的头顶。

听说1900能把十种钢琴风格合而为一，有人要找他较量琴艺。但1900居然问朋友："为什么要较量，怎样较量？"两人一决高低的时候，1900竟被傲慢的对手那精彩的弹奏感动得泪流满面！有录音公司找上船来，要为他录制唱片。来人对1900说："唱片会录制百万张，全世界人人都可以欣赏到，从此以后，你将要风得风，要雨得雨。"但1900却说："我的音乐和我不能分离。"然后，他把合约毁了，不让来人把唱片带走。

人人都知道1900这样做有多傻，又有多不容易。往前一步，将天宽地阔别有洞天，当然也会弄痛心灵迷失自己——这样的时刻、这样的尴尬，我们每个人在生活中都会遇到，也都会有自己的选择和作为。很多时候，人格和你总是在揪扯、纠缠，让你进退不是。除了职位、名利，最易让人动心的就是爱情了。

1900丝毫不为名利所动，却也因为爱情，因为“想在陆地上听到海的声音”而走下船梯，差点上了岸。那一次船到了纽约，他走到了船梯的中央。他准备下船，是要到美国摩地街27号的一个鱼店寻找他暗恋的女孩。他曾在深夜她睡着的时候亲吻她的唇，而她在下船离开的时候也亲吻了他的脸颊。事情的悲壮在于：1900和他从未离开半步的弗吉尼亚号已经“结了婚”，而已经上岸的女孩，因此只能算是1900生命中的一段“婚外情”，作为一个真正的男人，一个赢得了人们尊敬的男人，他岂能轻易离开他生命中的“原配”而走向岸上的“花心”世界？

世界近在咫尺，就在跳板的那一边，跳板是什么？

几级阶梯而已。所有人都以为只要1900上岸，就有无限美好在等着他，无奈1900却在船梯上把帽子甩入水中，转身回到了船上。他像是反问别人般地自问：“上了岸，我该何去何从？爱一个女人，住一间屋，买一块地，望一个景，走一条死路……我无所适从，思前想后，那样的日子该怎么过？”

世界太广阔，广阔得让人害怕；门内太复杂，复杂得让人宁愿退却。而退却对于像1900这般追求纯粹、自我和理想的人们来说，其实并不是一种失败，而更像是对人生意义的捍卫和坚守。

因此才有1900对朋友的掏心掏肺："我生于船，长于船，世界千变万化，这艘船每次只载客2000人，既载人，也载梦想。而陆地对我来说，是艘太大的船，是位太美的女人，是条太长的航程，是瓶太浓的香水，是篇无从弹奏的乐章。

我没法舍弃这条船。我宁可舍弃自己的生命。反正世间没有人记得我，除了你，只有你知道我在这里。

原谅我，朋友，我不能下船。"

就这样，直到和旧船一起被炸飞，1900从未上过岸，他一直活在他自己的船上。

从生到死，他没来过喧腾的世界，而喧腾的世界却把他视为生命存在的经典来记忆和回放。

强迫自己登上令人生厌或者只属于别人的陆地，是一种痛苦。其实，人生无所谓成功和失败，世界无所谓繁华与落寞，灵魂得道，肉体便得以升华。

1900从未上岸，这样的超凡脱俗，是精神世界的希望和感动，也是现实世界里稀缺的人格涵养和创造力量。

水上的乡愁

——台湾电影里的漂泊与归宿

郝颜

2009年春天最火的台湾电影，非大才子魏德圣的小制作《海角七号》莫属。影片里的恒春位于台湾岛的最南端，和所有安详的小地方一样，年轻人都到外面的大世界打拼去了，留下这个海滨小镇，在黄昏的潮汐到来之前这个海滨小镇变得越来越寂寞。片中的民意代表大伯总是气势汹汹地向外地人马拉桑咆哮，指责他们抢占了“在地人”的生存空间。大伯的愤怒其实大半源于焦虑。“在地”，本来是一种多么踏实安全的生活，可是对于下一代来说，却似乎只有在异乡的半空中才能找到梦想。可是并非每个人都有推销员马拉桑那样的好运气，只要熬到头，事业和爱情就都来了。去台北闯荡的歌手阿嘉，就在十字路口清冷的灯下砸了吉他转身回家。也不是每个人都有阿嘉这样的好运气，还能回到家乡，看到像从前一样凌乱的大街和一样寂寞的街角小店。罗大佑在歌里唱道，台北不是他的家，他的家乡没有霓虹灯。我想大多数人的“鹿港小镇”，现在恐怕也早已消散了当年的故事和风韵。

离开故乡的人，或许都和曾经的罗大佑一样，将遥远的异乡想象成一个“黄金天堂”。《海角七号》里的阿嘉去了台北，在侯孝贤的影片《风柜来的人》里，阿清去的则是高雄。离开澎湖湾边的小城时，阿清一定不会相信，远方除了遥远之外，其实一无所有。在庞大的都市里，他只能靠打一些零碎的小工来维持生活。车流和楼群是他不熟悉的另一片江湖，浮萍般的少年决定学习外语，要在这江湖里扎下根来。可是，漂泊的命运并不会像侯孝贤的经典场景撞球间所隐喻的那样，只要选对了角度推一下，就会顺顺利利地落袋，有个稳稳当当的归宿。阿清再回高雄的时候，世界已经变了。他的朋友被抓的抓、杀的杀，他暗恋的姑娘也已嫁为人妻，像老狼歌里的麦克一样，只看见心爱的女子“头上插着野花，身上穿着嫁妆”。

“人面不知何处去，桃花依旧笑春风”，浪子崔护那嗒嗒的马蹄敲打出的，其实也是一个过客的怅惘。作为一个已然无法回去的归人，心里的悲凉要远甚于此。4年之后，由朱天文和吴念真联手编剧，侯孝贤拍摄了影片《恋恋风尘》。影片里的男生阿远收到女友阿云嫁人的消息，在海岸线上的防空洞里放声大哭。还未归去，就已物是人非，这岂是古典的矜持能掩饰的？阿远和朋友们救起了遭遇暴风的大陆渔民，相同的漂泊让他们亲如家人，能馈赠的东西都拿出来当作礼物相送，包括一盒磁带。阿远说，船走了，还有刘文正的歌声在水上传过。而他自己，回家时还要绕过阿云成婚的台北。在《恋恋风尘》的原声唱片文案中，写着一句让人惊心动魄的话："相恋于乡间，分手于都市。"回到乡间的阿远也是"满怀疲惫，眼中是酸楚的泪"，只是他不肯像费翔那样说出来而已。装出安然无恙的模样，阿远一言不发地看着大片的云影在对面山上飘过。侯孝贤的电影很喜欢拍火车。阿远和阿云就是坐着火车离开家乡去了台北的。火车在亚热带的丛林里穿行，却蹚不过那一湾浅浅的海峡，将解不开的原乡情结运到能安置的地方。

在《恋恋风尘》上映的前一年，侯孝贤以回忆的方式讲了一个漫长的故事——《童年往事》。少年阿孝直到父亲去世之后，才懂得了那个沉默寡言的男人。父亲原来只想在岛上生活几年便回大陆去，可是一直到死，都未能成行。苍茫的世事一如南台湾的烟波浩渺，故乡的地名却是心头清晰的病。电影里的阿婆，一直都在惦念和想象她的广东梅县，这个地方其实也是导演的祖籍。她给阿孝描述怎样上路过河，下了梅江桥，就能洗了手去祠堂焚香。而在岛上的城里，阿婆是个一出门就迷路的人。看电影的时候，我和电影里的阿孝一样对此不明就里。对于从未见过松柏摧为薪、桑田变成海的年轻人来说，即便能够理解别人的乡愁，换到自己身上，恐怕也会觉得乡愁只是一件被淋湿的衬衣，总想仗着盛气脱下来。

可是我们总归会老。去年夏天，我和两个做音乐的朋友聊天，他们身上漂亮的刺青让我赞叹不已。但他们告诉我，老了的时候，这些人工制作的图案就会变得非常丑陋。只有胎记是不变的，可是无人欣赏。这是讲究设计的年代，胎记却和故乡一样不允许选择，所以，总让人不满意。在1996年，近知天命之年的侯孝贤拍了一部《南国再见，南国》，片中的小高就在自己的胳膊上刺了一只日本神兽。他带着这片诡异的文身和两个不成器的小帮手，做着自己的江湖梦，可是一事无成。回到故乡嘉义，也只是要周转一点资金。现代人的梦想都在都市，东京、纽约，至少也是台北，嘉义只是一块并非自愿选择的胎记。在影片的结尾，想要再次驾车离开的小高一头扎在故乡的田埂，车子陷在那里。我想，这个交通意外大概暗含着一些人生宿命的意味吧。

侯孝贤的影片淡而静，乡愁化在其间一如渺远的谣曲，蔡明亮的电影里却充满了焦灼与迷茫，情节荒诞，气氛沉闷，节奏松弛到近乎停滞的地步。在这些怪异的故事里，乡愁已不再是本地与异乡的区别了，而是现代人无法摆脱的心理困境。在他所有的影片中，都有一个叫小康的主人公。小康一直都住在城市里，从来没有离开，但他丝毫没有在家的感觉。熟悉蔡明亮的朋友都会发现，几乎从不与人交流的小康，在所有的影片中都会不停地喝水，就像一株被隔绝在空房间里的失根植物，只能靠水活着。蔡明亮大概是要用小康的极端处境来让我们反思现代生活吧！无论我们身在何处，我们都不在家，漂泊本身就是归宿。

小康在蔡明亮的第一部影片《青少年哪吒》里退了学，在第二部影片《爱情万岁》里成了一个推销员。他偷偷地闯进了一间等待出售的大房子。女房主带一夜情的男伴来过之后，这个名叫阿荣的男人也开始每天潜入这间房子睡觉。三个人鬼使神差般地住在同一个台北屋檐下，却没有人与人之间的交流。直到偶然的一天，阿荣和小康撞到了一起。在离开房间的时候，阿荣将一本花花绿绿的时尚杂志交给小康代为保管，小康却从包里拿出一本推销纳骨塔的广告与他交换。所有的繁华都将归于尘埃般的空寂。大概也是出于这样一个意思，在影片的结尾，蔡明亮让他心力交瘁的女主人公跑到一个像极了墓地的地方哭泣。离开了空房间的女人既没有家，也找不到回家的路，她只能佝偻着身子奔向最终的归宿。电影尽可以这样拍，而现实中，一心追求鲜衣怒马的现代人，又何曾敢去领悟"向死而生"这样透彻而直白的道理。或许郑智化是对的。在柏油路上蹒跚的现代人就像背着重壳的蜗牛，只能求得一间屋，而无法找到一个家。所谓乡愁，已经成了空房间里又古怪又奢侈的装饰品。即使有一天，蜗牛漂洋过海去了，我们也只能像蔡明亮另外一部电影的片名那样，互相问一声："你那边几点？"

想起那边，其实也是想起那时；对一个地方的怀恋，其实也是对一段光阴的怀恋，怀恋在无法倒流的时间另一端驻留的人事风华。与侯孝贤和蔡明亮并称为台湾电影三驾马车的杨德昌，在回到台北整整10年之后，拍了一部《牯岭街少年杀人事件》来讲述20世纪60年代的眷村，或者说是眷村的20世纪60年代。男生小四与女生小明之间那青涩的爱恋和幼稚的仇恨，导演用了将近四个小时的片长来细细描绘。在这部我看过的最长的台湾电影的结尾，小四被拘捕了，他的朋友小猫王录了一首《阳光灿烂的夏日》拿去送他。警员接过盒带之后，随手就扔到垃圾桶里了。这个细节，要比整部的“青春残酷物语”还残酷。在影片上映的20世纪90年代，眷村已经开始在一纸改建令下变得面目全非，那些又凶猛又美好的少年，即使沿着这部电影那6.58368千米的胶片原路返回，也已经找不到他们曾在那里歌唱和厮杀的地方了。所幸的是，被粗鲁的警员所遗弃的灿烂夏日，却通过黑夜里洁白的大银幕保留了下来。就像伟大的电影人安德烈·巴赞所比喻的那样，在电影里，我们闻到了时间的香。

南京睁开眼，南京不哭诉

桑端

当我在北京洗影厂的放映厅看见陆川导演时，他正忙碌地打着电话。离电影《南京！南京！》4月22日公映还有17天的时间，正是主创人员紧锣密鼓地接受采访、发动宣传攻势的时候，但看得出陆川的自信、期待和放松。拉我来看内部放映的朋友说，这是全球的第二场正式放映。摄影师曹郁也特意把父母请过来看自己的心血之作。

虽然像贾樟柯拍《小武》那样也能拍出很多名堂来，但重大的题材显然能给导演带来更大的挑战和机遇。看完《南京！南京！》，再在网上浏览陆川关于这部电影曾经令他绝望的难产过程的讲述，你会觉得陆川这个家伙真是幸运，他的勇气和坚持让他有机会借助电影这样一种奇特的逼问方式，还原出历史的真相。

电影还未公映，炒作已经开始。在《南京！南京！》上映一周后，由德国人拍摄的《拉贝日记》将于4月29日公映。2004

年，陆川拍完《可可西里》之后，有电影公司曾找到他谈拍摄《拉贝日记》的事宜，但双方只合作了三四个月就分开了，原因是陆川想改剧本——当陆川在一些日本老兵的日记里发现中国人的抵抗故事后，他感觉自己需要一个不同的视角。“作为一名中国导演，我不想让世人谈到南京大屠杀，只记住一个德国人（约翰·拉贝）拯救了二十多万中国人。”陆川的确找到了一个完全不同的视角，讲述了那些他在日本兵日记里找到的抵抗故事，比如，藏在一辆没被炸掉的德式坦克中的中国士兵突然开枪，干掉很多在南京城里搜捕的日本兵的情节。但随着对史料的挖掘和编剧创作的深入，陆川最后在电影里加入了一个日本兵角川的视角，并且，这个视角成了电影的一条主线。

眼下，两部内容相似角度不同的电影都已经启动了宣传攻势。在商业电影时代，存在这样一种PK对两部电影的票房都会有所推动。但在《拉贝日记》的介绍文章里已经有了这样的说法——它把《南京！南京！》的日本兵视角说成是“站在日本人的角度为敌国开脱”。

陆川一定会冒这样的风险：当《南京！南京！》公映后，必然有“爱国者”叫骂“陆川是汉奸”。但我赞赏陆川冷静的思考角度，赞赏他对单纯的愤怒和哭诉的拒绝。在没有一丝色彩的黑白影像中，我们能够看到的是那些人在无法左右的生死面前的孤苦和脆弱，那些战争背后令人震惊的文化差异。而导演陆川所顾及的则更多，他要把这部用近亿元投资的商业片制作成无限接近完美的精品。

事实上，从画面到音效，从镜头的节奏到故事的讲述方式，《南京！南京！》都做得出色并且饱满。你可以联想到很多以战争为背景的电影——《辛德勒的名单》《钢琴师》《决战中的较量》《美丽人生》以及《鬼子来了》等等，但《南京！南京！》是不同的。

关键在于，你是一个中国人。当你在黑暗的影院里看到自己的同胞被屠杀、被胁迫、被奸污、被打败，作为中国人的情感会令你愤怒、悲伤、憋屈和仇恨。如果联系一下《中国不高兴》这样的图书出版的背景，可以想象《南京！南京！》公映后将引起的热度（票房）、愤怒和不满。

热度，是因为这个敏感的主题触及了当下并不轻松的中日关系。而来自评论界的不错的口碑以及"不高兴"们的非议，都将吸引人们去电影院一看究竟。愤怒，是因为目前持续发展的中国一直在释放"示强"的冲动和践行"示强"的行动，《南京！南京！》却以近乎冷酷的具象来"示弱"，来展现我们72年前一段不堪的历史，这必定会让愤怒的热血冲上"不高兴"们的脑门。不满，是因为电影始终是站在冷静的立场上力图还原历史。在屠杀中国人之余，电影中的日本兵会唱起乡曲，互诉对家乡的思念。日本兵不再是只知杀人的恶魔或者机械愚蠢的小丑，这或许会让"不高兴"们质疑导演"还是中国人吗"。

总之，陆川不用指望大众的观影感受会接近他数年的理性思考，感觉愤怒、发现仇恨会是最直接的结果。但是一个好的开端是，人们终于可以睁大眼睛，通过电影这种大众艺术看到一段我们不能忘记的历史。

每一个看过这部电影的中国人，都应该在擦拭眼泪的同时，擦拭或许蒙尘已久的心灵，思索问题的核心：我们为什么会被另一个民族攻陷了京都，并被耻辱地屠杀?

战争就是真刀真枪的较量。《南京！南京！》的独到与杰出就在于它的文化视角。一个残酷的事实就在于，中国人输掉的不仅是一次战役，而且，在南京这座“生死之城”（《南京！南京！》的英文片名），两个民族的文化残酷地碰撞在一起——发现自身文化的羸弱是一种更深切的痛！

电影的点睛之笔是片尾日军庆典上的祭祀场面。摄魂的鼓声加上日本士兵陌生怪异的舞蹈，将电影的震撼力推到了极致。在陆川看来，“战争的本质说到底是精神的折磨，它是一种文化在你的废墟上舞蹈”。

“我们必须把这段鼓和这段祭祀带到所有中国人面前。因为这种威胁，这种被征服的威胁从来就没有消失过，而且人家一直在那儿继承着呢。现在让我们中国人拿出一段震慑人心的代代相承的文化的东西，我觉得已经没了，我们就剩秧歌了。我们真正的东西在哪儿呢？”陆川在访谈中透露了他的思考和结论：我们本质上是在文化的竞争上输给了日本。

日本由明治维新走向了强盛，而我们的戊戌变法却以失败告终，从那时起，中国文化的败落已经显现无遗。《南京！南京！》第一次直面这种文化对比下的羸弱，虽然陆川强调他看到了中国人的抗争，也描绘了屠杀者和被屠杀者的血肉形象，但真实的结果就摆在那里。在整部电影中，你随时能感受到日本人枪口的阴森和军刀上的寒气。

影片的结局据说有很多版本，最终的结局是角川在城外放走了两名中国人并开枪自杀，而逃生的男孩小豆子吹起蒲公英，灿烂地欢笑。电影没有止于阴暗和仇恨，完美地呈现了电影叙事的张力。

如果说《拉贝日记》是一段历史的再现，《南京！南京！》则更多是一种审视的思考。只有抛开受难情结的反复哭诉，一个民族才能获得深入和持续的思考力，并在文化上生发出超越的勇气和力量。

72年前，那些被俘的中国士兵是喊着口号被屠杀的。今天，我们不需要通过口号来表现勇猛和爱国——无论是在电影里，还是在生活中。

当童真的眼睛与人间苦难相遇
——十部最值得看的儿童视角电影

曾颖

在世界各国的电影中，有一大批儿童视角电影。这些电影以儿童的目光和视点去观察并叙述故事，以儿童的眼睛作为观察孔，去窥探和记录身边这个大得让我们绝望的世界上已经发生和正在发生着的一些事情。它以微观的方式切入宏观，通过一个个局部的细胞，去探测整个世界的肌体。许多大师级电影人都拍过这样的电影，在电影史上留下了许多脍炙人口的经典之作。

为什么用儿童的视角去观察人世，会有特殊的效果呢？因为这二者之间，有着巨大的差异和尖锐的矛盾，童真的眼睛和苦难的世界之间有巨大的反差。二者碰撞之后，产生的艺术效果令人震撼。在这里，推荐近几年在国际上具有较大影响力的十部此类影片。

这十部电影分别是《马丘卡》《香料共和国》《追风筝的

人》《放牛班的春天》《乌龟也会飞》《流浪狗》《小鞋子》《真爱满行囊》《听见天堂》《八月迷情》。它们的创作者来自美国、法国、伊朗、德国、希腊和意大利等国，反映的内容，则是涉及从第一世界到第三世界包括战争、贫穷、动乱、疾病和人与人之间的隔阂造成的苦难等等。这些故事，或如石头，压抑观众的心灵；或如辣椒或柠檬，刺激观者的知觉；或如鱼钩，刺痛观众灵魂中最柔软的部分。这些极具冲突感的知觉和感觉，就是由“童真”和“苦难”两个极具冲突性和反差性的元素的中和反应而形成的。

人间苦难，最大的莫过于战争所造成的苦难。在这十部影片中，有三分之一与此相关，其中，又以《乌龟也会飞》和《流浪狗》最为典型。

《乌龟也会飞》展现的是伊拉克边境被战乱追逼着挣扎生存的人们。影片以一群靠拆地雷卖废铁生存的孩子的经历为背景，讲述了一个撕心裂肺的凄惨故事：一个10岁的小女孩，被伊拉克士兵强奸后生下一个小男孩，她带着孩子跟着被地雷炸掉双臂的哥哥四处流浪，靠哥哥用脚拆地雷为生。她可爱的儿子，总是将她心中的噩梦唤醒，她一直在悄悄干的事，就是把儿子扔掉甚至杀死，而他的哥哥和孩子王“卫星”则不断将孩子从险境中拯救出来。经过数次令人喘不过气的紧张争夺之后，小女孩最终将儿子沉下深潭，并从悬崖上跳了下去，将无尽的痛苦和悲伤留给观众。

与它的沉痛相比，《流浪狗》更富黑色幽默。这有点像《警察与赞美诗》的儿童版，讲述的是阿富汗的一对小兄妹，因父母都进了监狱而四处流浪的故事。整部电影围绕他们想办法进监狱展开，因为只有在监狱里，他们才有睡觉的地方，并且可以和妈妈在一起。但这一个小小的愿望，老天也总是不满足，每一次进监狱的机会，都在阴差阳错中消于无形。最后，他们经人点拨，看了电影《偷自行车的人》并学着去偷自行车，在贼喊捉贼地暴露之后，终于如愿进了监狱，但令人伤心的是，这所监狱却不是他们希望的有妈妈的那所监狱……

这两部电影都以战争为背景，片中没有一个战斗场面，却将战争对人类的伤害描绘得椎心刺骨。除了战争本身提供的鲜活素材和编导们极具悲悯感的人道主义情怀之外，最打动人的，还是他们以童真为视角的表达方式，如果没有那群眼睛清澈得容不下一丝浊物的小演员，电影的冲击力和感染力肯定会大打折扣。

除了战争之外，政局的动荡与社会阶层之间的冲突与隔绝，也是造成人间苦难悲剧的重要元素，《马丘卡》《香料共和国》与《追风筝的人》就属于这一类型。智利电影《马丘卡》讲述的是在皮诺切特发动军事政变的背景下，一个富裕家庭的孩子与一个贫穷家庭孩子的友谊故事。本来，在社会阶层界限分明的社会里，他们是没有任何机会相识并建立友谊的，但因为执政的左翼政府推行平等教育，让所有穷孩子和富孩子在一个学校读书，使他们有机会相识，并相互进入对方的生活，发现在同一片蓝天之下，人和人之间的生活竟是那样不一样。而不一样的生活，使他们的思想和意识以及爱憎，都有着天壤之别。随后智利暴发的导致成千上万人死亡的动乱，其根源就在这些差异上。

与《马丘卡》相比，《香料共和国》则显得温和一些，它讲述的是一个出生于伊斯坦布尔的希腊孩子，在土耳其当局要求他们在自己的宗教信仰和居住权之间进行两难选择的政策背景下，离开自己生活多年的伊斯坦布尔，并对它满怀一世乡愁的故事。这部被影评家称之为《天使艾美丽》与《天堂电影院》混合的美轮美奂的电影，用香料与美食为线索，从胃进入灵魂的独特叙述方式，令人在美丽之中体会到无尽的乡愁。怀念的东西越美，怀念就更让人心痛。导演很好地拿捏住了这一原则。

《追风筝的人》讲述的是阿富汗一个富裕家庭的少爷与其仆人的儿子的恩怨故事。阿富汗，这片被太多符号和标记蒙蔽的世界，并非只是本·拉登的兵库，也不像史泰龙电影里那样，时时充满血和子弹壳。这里的多数人，也是吃着五谷杂粮有着喜怒哀乐的普通人。这部电影及其同名畅销书在西方世界的风行，其中暗含的也是一种沟通的愿望。大家也许都在寻找影片主人公也在寻找的答案：一个富家的少爷与一个穷帮工的孩子，他们通过什么样的方式，能到达彼此的心灵沟通，并体会对方的苦难与快乐？这又好像是一个隐喻，完全可以拿来概括第一世界与第三世界国家的关系。

在人间的苦难中，还有一个门类，是由贫穷造成的。这样的苦难，在欠发达国家的电影人手中比比皆是，包括中国导演陈凯歌曾经也有过尝试，他几年前拍过一部《和你在一起》，讲述的是一个生长于贫穷环境的音乐神童的故事，但不知是观众对音乐还是对他所叙述的“没有几万元钱学琴”的苦难不认同，反响平平。倒是伊朗电影《小鞋子》，以一个贫穷人家的孩子围绕一双小鞋子发生的故事而撼动人的心灵，这个因为丢失了妹妹唯一一双旧鞋而饱受磨难的贫穷小孩子，历经了种种啼笑皆非的苦难与麻烦，而在这些苦难与麻烦之中，我们看到了人间至真至纯至美的亲情与爱，那些被贫穷折磨着的生命，因为爱而充满力量与生机。

除了战争、社会动荡与贫穷之外，还有来自社会体制与意识冲突产生的困惑与苦难。最典型的是《放牛班的春天》和《真爱满行囊》，这两部来自法国的电影，它们的编导者对人间苦难的认知，更形而上一些，已超越了物质层面，而进入了精神层面。《放牛班的春天》，讲述的是一群工读学校的顽劣儿童的成长故事，对他们，究竟该用僵化恶劣的惩戒制度去以暴制暴，还是应该用艺术与爱去唤醒他们心中的良知？这个问题不仅仅是提给教育工作者，而是提给所有人的；而《真爱满行囊》里所展示的成人与儿童的两个世界是那样的不同，二者之间的喜怒哀愁和立场是那样不可思议地存在着差异，无论对太阳失去光明之后的命运之类的大问题，还是对一条小狗的生命是否值得救赎，都有着不搞出人命就无法沟通的悲剧。而这个悲剧是属于全人类的。

在意识形态之外，还有因家庭和生理局限而造成的人生苦难。《听见天堂》讲述的是一个失明儿童战胜难以想象的困难成长为世界级的录音大师的故事。从小失去光明，使他拥有比常人更强的用心灵感知声音的能力。而《八月迷情》，讲述的则是因父母离异而沦为孤儿的音乐神童突破重重阻碍、重新找到爱的故事。这两部分别来自意大利和美国的电影，因创作者所处的环境更为富裕和优越，而显得更为平和，并有一个与第三世界国家的电影完全不一样的美好结局。没有《乌龟也会飞》的冷酷，没有《流浪狗》的绝望，没有《马丘卡》的血腥和《追风筝的人》的无边失落。他们的苦难，更多的是来自个体的不幸，与前者相比，苦难的程度是大海和小溪的差异。

电影是影像艺术，用文字表达，显然是吃力不讨好的，这些电影中许多令人叫绝的情节和表达方式，是语言无法描述的。而真要体会其妙处，还是要等大家看过电影之后，才会有更深的认识。我相信，看完这些电影之后，您至少会明白一个道理：儿童片不是哄小孩子的小把戏，也不是有口无心地用敷衍塞责的态度能够搞出来的，更不是图解政策给孩子们说大道理的宣传品，它其实是高深得需要灵魂介入的艺术！

当电影与旅人狭路相逢

叶荷

旅行电影，是近年来文化消费越来越小众化，电影的观众类别更加细化之后出现的一种类型化电影。它的特征是以旅行者的路线为线索展开故事，并通过主人公在行进过程中的轨迹，将一系列有趣的人物和故事串起来，通过具有共性和递进关系的故事，传达编导对世界和人生的思考。这类电影通常以文艺片为主，需要观众静下心来慢慢品味其中的每一个情节。电影通过平静如水的镜头和音乐语言，将触动编导心灵并促使他们创作电影的感动，静静地流淌进观众的心中，引起一种持久的共鸣。

此类电影中，给我印象最深的，要数《这儿是香格里拉》。这部由我国台湾著名导演赖声川监制、丁乃筝导演的电影，讲述的是一个失去儿子的母亲在云南的寻找灵魂之旅。这部电影是丁乃筝根据自己2000年的同名音乐剧改编的。丁乃筝是少数编、导、演皆能的优秀电影人，对艺术和哲学，都有独特体会和领悟。

女主人公季玲有一个可爱的儿子和幸福美满的家庭，但这一切，因为一次意外的车祸而支离破碎。一次外出游玩中，她在打电话时忽略了照看儿子，儿子被一辆超速的汽车撞死，这一幕无可挽回的悲剧，就在她眼前发生。

丧子之后的季玲，内心被愧疚、痛苦和仇恨牢牢占据。她的生活，除了对儿子每时每刻的怀念和无止境的自责之外，便是死死地追索那个撞死儿子的凶手。她每天被恨意折磨着、扭曲着，家庭生活也变得压抑和灰暗。她与丈夫也因为处理此事的意见不统一，而使家庭和婚姻陷入更深的痛苦和绝望中……

被痛苦折磨和扭曲得如行尸走肉的季玲无意间在儿子房间里找到一张寻宝游戏纸条，这是儿子生前与她玩藏宝游戏时留下的。纸条上画的，是云南香格里拉的圣山。她认为这是已逝的孩子给她的召唤，于是动身前往有“人间仙境”之称的香格里拉寻找答案。

她一个人去圣山，一路上遭遇了一系列奇异的事情，并意外跌落到云雾笼罩的悬崖下面，结果却到了一片四季如春的世外桃源。她被那里的一个藏族家庭所救，那户人家有个小男孩跟她十分投缘。在那片美丽如画的开阔天地里，小男孩与她有特别的亲切感，并时常用别有玄机的话语，给她带去一些熟悉而朦胧的感觉，让她体会到了久违的快乐。

经过一番周折，她发现这个孩子就是她的儿子，因为这些年她的苦苦留恋，而被铁链拴住了脚，难以飞向他想要去的世界。那锁链，其实就是她心中难以消解的爱与恨。最后，她为儿子打开了锁链，让儿子平静地去了属于他的世界……

其实，以上的一切，包括香格里拉和儿子，都是她遭遇意外跌下悬崖之后处于昏迷状态时的幻觉。当她醒来时，发现自己正躺在医院的病床上，包括世外桃源在内的一切，都是幻象。但在亦真亦幻中得到的冥冥启示，却让她参悟了生命本来的意义——所有执着最终都将归于空旷，生命就是受伤和复原的过程。

她的心境变得平静如水，康复后的她来到撞死儿子的凶手面前，宽恕了他的罪行，让这个已是血癌晚期，被身心痛苦折磨的人，在生命的最后时刻放下心灵包袱。她也在放下了爱与恨之后，重新回归生活。

她最终也分不清，在香格里拉的旅行和经历，究竟是真实还是梦幻。

这是一部充满了悬疑的影片，在优美的风景和音乐中，连伤痛都显得那么凄美。

寻找，是旅行电影最重要的主题词，从擦肩而过的人与物之中，寻找自我，寻找人生意义，寻找启示和答案，寻找在现实生活中不可能找到的物象与感触。《这儿是香格里拉》的主人公，从迷茫出发，找到了拯救自我之道，而另一部新片《车票》，讲述的却是寻找亲情之旅。

一个从小在修道院长大的电视台女主持人，因一次偶然的机会，得到与自己身世相关的线索——几张车票，于是展开寻根之旅。在寻找的过程中，这个从小失去母亲并对母亲怀着深深恨意的女孩子，逐渐发现母亲是为了不让她在大山里受愚昧和荒凉的苦，而悄悄将她送出去的。从母亲遗物中的一张张车票里，她得知其实她从没见过的母亲，多年来一直在她身边默默地关注着她的成长……

所有的感动与觉悟，全在每一个旅行的见闻和细节中。很多看过这部电影的朋友都忘不了其中一个经典的画面：那位希望女儿不再过贫穷生活的母亲，怀抱女儿坐着滑轮从江上划过时，有一种舍身赴死的悲壮感。

并不是所有的旅行者都有圆满的结局，也有人在寻找的过程中被寻找本身湮没。美国电影《荒野生存》的主人公克里斯·麦克坎德莱斯就是这样一个人。这部2007年拍摄的影片改编自乔恩·克拉考尔于1998年出版的同名小说，讲述的是24岁的理想主义青年克里斯·麦克坎德莱斯抛弃一切现代文明的束缚回归原始，义无反顾地前往蛮荒之地阿拉斯加。这个毕业于名校的好孩子，以对现代文明决绝的态度，不要父母送的名车，出发前极端地点燃了身上所有的现金，抛弃了一眼望得到头的中产阶级幸福生活——穿上西装开上名车做一个事业成功的男人，然后遇到一个女人，喝酒，约会，调情，结婚生子，谨小慎微只顾眼前利害地过完一生。他选择了与之完全相反的一条路线，背着一支猎枪和简单的生活用品，徒步走向了蛮荒的阿拉斯加，一路见识了无数奇人奇事，在生存极限挑战中不断寻找生活的乐趣。在孤独地度过一个寒冷的冬天之后，他因为吃了有毒的野草而死在一部废弃在荒野上的破巴士里……

这是一个令无数人感动和惊异的真实故事。它甚至像梭罗的《瓦尔登湖》，让许多人重新思考，在这个物欲把人们的眼睛和心灵烧灼得通红，消费主义已经武装到牙齿，营养过剩和入睡障碍已成为时代病的社会，有一些被我们忽视的东西，需要重新认识；有一些已经被我们丢弃的东西，需要重拾。

关于旅行的电影还有很多，包括《最遥远的距离》《送信到哥本哈根》《杯酒人生》等，每部电影的导演，都以自己的方式讲述着自己对世界独特的思考，用行云流水般的镜头语言和音乐，向观众展现着行走在天地间的影像哲思。这种类型的电影，随着经济水准的提升，当人们对旅行和生活质量有更高层次的要求时，会进一步发展壮大，并催生更多的经典。

爱无尽，梦飞翔

翟南

《阿布拉德机长》（Captain Abu Raed，2008，约旦），讲述了一个与梦想有关的励志故事。这样的故事在世界电影的长河中数不胜数（2009年特别吸引影迷眼球的此类影片，就有皮克斯公司出品的3D动画《飞屋环游记》）。与好莱坞的主人公排除万难最终达成梦想的一般拍法不同，本片并没有把如何实现主角的梦想作为表现的重点，从而显出特别的意义。

影片的故事设置匠心独具。头发胡子花白的老人阿布拉德，是约旦国首都安曼机场一名即将退休的清洁工，他怀着遨游世界的梦想，却只能每日与垃圾打交道，他渴望飞翔，却只能眼睁睁地看着飞机在头顶倏忽来去。飞机不会因他停留片刻，正如他的人生毫无希望毫无意义地迈向终结。导演阿敏·马塔广在谈到自己的这部处女作时说：“我一直都对社会阶级的差异很有兴趣。另外，我的父亲和哥哥都是飞行员，所以当我想要描绘一个贫富差距的故事时，很自然地就想把地点放在机场。在机场，平庸的小人物往往和非凡的大人物交错，一刹那各自产生的失落与满足，对比强烈。”

某日，阿布拉德在清理一个垃圾桶时，意外地捡到一顶破旧的机长帽，他看着这顶帽子，仿佛看到了自己一辈子梦寐以求的生活，不忍再扔掉，于是就戴着它回家。附近的一个小孩子塔瑞发现了他戴的帽子，就上前问他是不是飞行员，阿布拉德说自己不是。次日早晨，一群邻近的孩子聚在他的家门口，叫他机长。影片在这里进入有趣的部分，刚开始因为这个要求感到无聊的阿布拉德，接着就主动去找踢球玩耍的孩子们，讲述他那从各种书籍里阅读得来或者他想象到的冒险故事。

一顶机长的帽子，便使从不引人注意的老阿布拉德受到了孩子们的礼遇，这颇像一个讽刺。其实阿布拉德学富五车，他在文学、科学、政治和艺术的天地里广泛遨游，却没有钱去进行一次真正的旅行。若不是他在机场用法语帮助一名法国游客的情景被年轻漂亮的女机长诺儿发现，他这辈子恐怕连展示他那两千多本藏书的可能都没有了。虽然他在回答诺儿“为什么拥有这么多智慧却只当一个清洁工”的问题时，说凡选择朴实生活的人，内心都有明确的方向，但这个答案听起来怎么都让人感到不能相信。很多情况下，这种选择实属情非得已。

也正是这顶机长的帽子，终于将阿布拉德推上生活前台，使他能将书上所得的知识尽情地讲给孩子们听，并鼓励他们勇敢地追求自己的梦想。可是实际上，生活在贫民区的孩子们，上学受教育往往都成问题，追求梦想无疑是奢望。塔瑞的父亲就要求他去卖饼干贴补家用，为了帮助塔瑞上学，阿布拉德每日将自己并不需要的饼干买回家去，没想到，塔瑞的父亲据此认为他有销售的天赋，直接要求塔瑞专门去看报摊。看起来阿布拉德完全是好心帮了倒忙。人生如此捉摸不定，让饱经风霜的阿布拉德也无可奈何。

在另一个半大孩子小穆的眼里，阿布拉德与孩子们之间的美丽的误会完全是骗人的鬼把戏。他是阿布拉德的邻居，饱受父亲家庭暴力的摧残，对世界和生活感到绝望。因此，他非常痛恨阿布拉德为其他小孩子讲述的故事和美好的幻想，决意拆穿阿布拉德的“谎言”。这也许是他唯一值得骄傲的事情了，他清楚地知道阿布拉德的“底细”。于是他偷了父亲的钱，带着几个小孩子去机场，看到匍匐在地上擦地板的阿布拉德时，他首次尝到胜利的喜悦。回到家中，父亲打骂母亲，说她偷了钱，小穆的胜利感顿时烟消云散。

独居多年的阿布拉德，在给孩子们讲述自己所谓的冒险故事的同时，似乎重新找到了生活的乐趣。小穆的恶意，不但没有激怒这善良的老人，反而让他更多地思考如何帮助小穆走出家庭暴力的阴影，这是一个艰巨的难题。阿布拉德自己能力有限，只好开口求助刚认识不久的忘年之交——机长诺儿。

小穆逃离父亲的暴力之后，等待阿布拉德的，是小穆父亲愤怒的拳头。但阿布拉德无怨无悔，这个决定让他不再觉得自己老而无用。虽然孩子们围绕着他听他神采飞扬地讲述虚构的冒险故事也让他很受用，可是比起帮助一个心灵受到戕害的孩子重新寻回人生的希望，那种受用的感觉就不值一提了。他曾经梦想飞上蓝天，现在，他希望小穆能飞上蓝天。

这个故事很容易让人联想起电影史上的另一经典名片《天堂电影院》（Cinema Paradiso，1988，意大利）中，老放映员阿尔弗雷德在爱看电影又聪明调皮的小男孩托托的陪伴下，暗淡无光的生命焕发了光彩。最后，他鼓励托托走上自己的电影之路。多年后成为著名电影导演的托托在听到阿尔弗雷德的死讯时回顾自己少年时他们之间的美妙经历，化成《阿布拉德机长》一片最后，成年的小穆机长凝望飞机的定格画面。不过本片比《天堂电影院》简单得多。

片中的女机长诺儿，是不容忽视的重要角色。她生活富裕，家境优越，却苦于父母逼婚的压力，不得解脱。尽管每日飞行于天空之上，却并不觉得多么自由。她虽看不上那些与自己门当户对却毫无追求的男人，可也找不到一个心仪的对象。渴望理解的诺儿能和阿布拉德交上朋友，说明比起身体在空中的飞行，她更渴望心灵的自由。显然，阿布拉德拥有这种自由。诺儿和片中另一个女性角色相对应，就是小穆的母亲，她没有自主生活的经济能力，即使遭到丈夫无休无止的虐待却一直逆来顺受，更无法保护自己心爱的两个孩子。这也是影片所关注的日益现代的约旦在发展中所面临的诸多问题之一——受压制、被束缚的女性。考虑到影片发生的背景，以及本片作为约旦50年来第一部出口国外的剧情长片，导演对保守的约旦传统的批判，需要一定的勇气。

影片让人怦然心惊的，是最后阿布拉德机长决定牺牲自己，去拯救小穆。几乎在所有关于老人与孩子的影片中，都有一条非常明晰的线索，就是老人与孩子互相影响，互相温暖也互相学习，经由开始的不和最终达成谅解。在生命的两个极端时刻——最后与开始，老人与孩子从对方身上寻获最真诚的感动和最耐人寻味的价值。本片中，阿布拉德没有获得这样的东西。他所竭尽全力帮助的塔瑞，在他没有能力再帮忙的时候，还指望着他的帮助，好像并不明白人不能一直依靠别人帮助的道理；他将欢乐带给孩子们，孩子们在得知他并非机长之后，疏远了他；他也没有机会看到小穆在成年后实现自己的梦想。阿布拉德机长奉献的全部，是一个老人对孩子单向度的真挚的爱，他用最后的时光，证明人生永远有新的可能。

以上种种使得本片独立于廉价的励志故事之外。

动漫不是思想的敌人

曾颖

山坡上的一棵树上，晨间雾气凝成的露珠落下来，砸落一颗成熟的栗子。栗子沿着山坡滚入蒲公英丛中，惊起一片绚烂飘逸的惊奇之后，滚入山间，滚过涧底的蘑菇林，冲到一朵安详的红花面前，将花上安息着的一粒灰尘撞飞，灰尘在森林中飘荡飞舞。两个原本不相干的世界，因这一滴水珠的小小因缘而轰然相遇，并引发了一连串既惊险刺激又妙趣横生的故事。

这是《霍顿与无名氏》的开篇。《霍顿与无名氏》是20世纪福克斯影业公司出品的一部卡通电影，这部改编自苏斯博士1954年出版的同名图书的影片，在西方电影必争的复活节档期上映，名列北美电影票房冠军数周，公映两周累计票房收入达8650万美元，创下了当年的一个票房奇迹。

霍顿是生活在鲁尔森林中的一头大象，他天性活泼、生活另类，颇不受以爱生气的袋鼠和维克多猴子家族为代表的森林主流社会的欢迎。但森林中的小动物们却喜爱他，时常跟着他去干一些小小的顽皮事情，这让鲁尔森林的大动物们很愤怒，认为这是离经叛道的——霍顿把他们的孩子教得像野生动物，这是他们不能容忍的。他们更愿意自己的孩子乖巧地待在口袋中，谨慎而虚伪地保持着“文明”。

那粒被水珠的连锁反应惊起的尘土，与遭受众动物训斥之后落寞的霍顿相遇了。霍顿奇大无比的耳朵的听力非常好，听到匆匆飞过的飞尘在大叫“救命”。于是，他想方设法将灰尘接下来，安置在一枝美丽的木槿花上面。

霍顿其实并不知道，他凭直觉救起的其实是一个世界——在那粒灰尘之中，有一个名叫呼呼镇的地方，那里生活着成千上万的呼呼镇人。这是一个有着高度文明的地方，互联网、汽车、高楼大厦，应有尽有。他们最爱唱的歌谣是：“该有的我们都该有，都该有的我们已经有。我们住在呼呼镇，我们都爱呼呼镇！”他们没有忧愁，只有快乐，并不知道他们的世界只是木槿花上的一粒灰尘。

呼呼镇的镇长麦可·唐纳德因为偶然的机缘，与云端上的大象霍顿搭上了话。霍顿费尽口舌，并用树叶挡住阳光，控制呼呼镇的白天和黑夜，而让唐纳德相信，他引以为豪的快乐呼呼镇，不过只是花朵上的一粒微尘，并且正面临危机。镇长请求霍顿救救他的世界，善良的霍顿同意了，经过再三权衡，决定把他们安放到鲁尔山顶一个有向日葵的宁静山洞里。

选好地方之后，霍顿就踏上了旅程，而这一切，只是这两个先知先觉了解真相者噩梦的开始。

在鲁尔森林，所有小动物都模仿霍顿，手里拿着一朵花，与花上各自想象中的世界对话。这激起了他们父母的愤怒。他们的意见领袖袋鼠妈妈为了拯救孩子们，不断给霍顿设置障碍，为了达到目的，甚至邀请名声不好的秃鹰维拉考夫对霍顿发动袭击，让霍顿在通往鲁尔山顶的路上险象环生，吃尽苦头。而霍顿的每一次遇险，都会让灰尘中的世界面临一次地震、飓风、雪灾等灾难。只有镇长麦可·唐纳德知道发生了什么，他努力想让公众知道真相，但大家都不愿意相信他的话——自己所在的世界，怎么可能是一粒微不足道的灰尘?

而被围追堵截的霍顿，在无数次阴差阳错之中，错过了向呼呼镇居民解释的机会。当他历尽艰难从300万朵木槿花中找到呼呼镇，并让所有居民相信真相时，他的背后，袋鼠妈妈带着鲁尔森林中急红了眼的动物们冲了过来，他们要用最强硬的手段惩罚那朵让霍顿着了魔的花。他们认为，只有将它放到沸腾的油锅里，才能拯救霍顿，鲁尔森林才能重回宁静。

灰尘中的呼呼镇人努力发出声音，证明自己的存在。但他们的声音实在太微弱了，打动不了群情激昂的动物们。

就在袋鼠妈妈将花朵扔向油锅，呼呼镇即将毁灭的时候，袋鼠妈妈口袋中的小袋鼠听到了呼呼镇人们的呐喊声……

这是一部不可多得的经典卡通片。它具备美国卡通电影最大的特点——老少皆宜。这个说起来容易做起来难的特点，是由强大的思维基础构成的。在欧美动漫制作者心目中，他们所从事的工作是在造梦，造一个大人从中看到思考，娃娃从中看到乐趣，一家三口能端着一桶爆米花三杯可乐度过快乐周末的梦。这是一个极其朴素的理念，却贯彻着不容怀疑的商业意识，而商业与思考在多数时间都是不矛盾的。商业化绝非白痴化，而把卡通片当成小儿科，刻意幼齿化、弱智化，或当成宣传品，意识形态化和动辄就要念教化经的，也是愚不可及的。这也许就是国产卡通片这么多年来无论商业水准还是艺术水准都无法取得突破的原因。

在这方面，《霍顿与无名氏》是可以给我们上课的。它教人们懂得敬畏，同时可以从中看出真理往往被少数人掌握以及无知偏执的可怕，甚至能让人反思我们与自然的相处方式，进而自问，在茫茫宇宙中，我们的地球是怎样的一粒灰尘，而我们与那些虚妄且自以为是的呼呼镇人有什么区别？遥远的天空，是否有一头大象正衔着我们奔跑，并险象环生？

当然，讲这些道理的过程，一定要有妙趣横生的细节和形象做支撑。当我们和孩子被大象过索桥、猴子把同伴的尾巴当报警器开关、秃鹰与大象的绝壁之战，以及数百万朵粉红花朵装点的木槿山谷等场景打动，一起笑、一起激动、一起惊呼美丽，那一刻，我们又何必担心，他们小小的脑袋瓜，接受不了其中的大道理呢？

辑二

循着海明威的足迹

循着海明威的足迹

邢世嘉

几年前，我从一份杂志上看到，巴黎的蓬皮杜文化中心图书馆举行了一连串的“文学散步”活动，凡文学爱好者只需缴纳140法郎的导游费便可报名参加。其中有一个“散步”主题特别吸引我，那就是“追寻海明威在巴黎的踪迹”。但是，当时的我身不由己，无论怎样心动也无法成行。

几年后的今天，我终于站在巴黎的旺多姆广场，站在海明威视为梦中天堂的丽兹酒店的大门前。慑于昂贵的房价，我没有入住这家世界上最尊贵的酒店。我下意识地摸了摸包里装着的那本《流动的圣节》，脑海中便不由自主地浮现出海明威进出酒店大门的身影。

1957年，海明威最后一次来到巴黎，依然住在他年轻时最钟爱的这家酒店。让他意外的是，酒店的行李员给他送来了两只他十几年前存放在酒店储藏室里的箱子。箱子里，存放着他1921年到1926年间在巴黎的日记，上面记录了他初来巴黎那几年在蒙巴那斯区居住时艰难而又快乐的生活。

翻阅这些泛黄的笔记本，年老的他被年轻时的自己所打动。《流动的圣节》这本回忆录就这样受孕、诞生了。

1921年秋天，海明威与他第一任妻子哈德莉结婚后就到了巴黎。那时的海明威除了有一个按稿计酬的编外记者的身份外，就只有年轻、勇敢和才气了。因为贫穷，他和妻子一开始住进了巴黎的扎科勃旅店，房间还算整洁，房租也很便宜。即使如此，对囊中羞涩的海明威来说还是有些难以承受。两个月后，他在蒙巴那斯区的大主教路找到了一个两居室的公寓套间，在这里一住就是好几年。

我从位于第一区的丽兹酒店来到现在被划为第五区的蒙巴那斯区。这里是包括海明威在内的很多文学家、艺术家起家成名的地方，看上去已不像海明威描述的那样破败贫穷。虽然街巷依然充斥着各种各样的生活垃圾，但街道两侧的店面装潢都还算讲究，走不了几步就能遇到规模不同的咖啡馆或甜饼店，咖啡和蛋糕的香味充盈在空气中，让人垂涎不止。可以想见，当年身无分文的海明威面对这些香味的诱惑需要多大的毅力来抵抗。要不，他怎么会说，在散步时总要尽量避开餐饮店。

在大主教街，没费多少工夫就找到了海明威当年居住过的公寓，74号门牌的下方钉了一块方牌，上面写着：大文豪海明威曾在此住过。沿着箭头的指引，来到四楼海明威曾租住的那间套房门前，但门上了锁。管理员告诉我们，这套房此前一直被人租住，现在正考虑收回，在此成立“海明威俱乐部”并对游客开放。问及里面的设施，管理员说，那并不是一个真正意义上的套房，其实就是两间房子，没有卫生间，也没有热水，配套的设施只有一个盥洗用的水桶。

面对这样一间陋室，我突然想到海明威在他的回忆录中所说的“我们吃得不错而且便宜，我们喝得不错而且便宜，我们睡得很好而且睡在一起很温暖，相亲相爱”。所谓“我们”，所谓“相亲相爱”，当然是指他和他的第一任妻子哈德莉。而所谓“吃得不错”，却只是海明威的一种自我安慰。其实，在初到巴黎的那段日子，忍受饥饿对海明威来说是常有的事。他回忆说：“在巴黎，总觉得吃的不够，有时甚至饿得发慌！连去卢森堡博物馆或者是去书店的路都要好好挑选，以确保不受餐馆或面包店的诱惑……然后用一种饥饿带来的异常清醒的状态来欣赏名画或者读书。”

在去卢森堡公园的路上，我一直在想，当年海明威厚着脸皮到花园路27号的史坦茵夫人家蹭饭吃，以他爽朗的性情，在进门那一刻的寒暄中不会找个什么堂皇的借口吧。当史坦茵夫人端出家常的自制蛋糕和黄香李做的甜酒时，是否料想到她款待的这位食不果腹的美国老乡会在某一天超越自己成为一代文豪。

卢森堡公园是海明威每天都来晨练的地方。在某天的晨跑中，灵感不期而至，《太阳照常升起》的写作动机产生了。所以我一直坚信，这个公园就是海明威成名的起点。

我到达这里的时候，太阳即将升到头顶，晨练的人早已离去，遛狗散步的人还没到来，已经来到这里的，大多是肩挎相机的外地游客。我转到公园一个偏僻幽静的地方，在小径边的靠背椅上坐下来休息。一抬头，前方不远处喷泉边的一尊白色大理石雕塑进入了我的视线，雕塑刻画的是一对情侣拥吻的情景。正想着这个地方会不会就是那个著名的“情人角”时，一支二三十人的旅游团队来到了喷泉前，看样子像是来自台湾，一位30岁左右的导游小姐拖着变了调的汉语告诉她的游客：这个喷泉叫麦迪西喷泉，就是海明威当年用弹弓射鸽子充饥的地方。不等导游的话音落下，团员们纷纷摆好架势相互拍照。

这果然是早就听说过的情人角了！只是没想到海明威居然会在这个谈情说爱的浪漫之地猎杀过鸽子。不过，以海明威当时的处境，也许确有其事。虽然大煞风景，但也算是生活所迫吧。

从卢森堡公园出来，没走多远便找到了位于蒙巴那斯大街171号的丁香园咖啡馆。正是在这里，海明威一边品着加热的朗姆酒，一边写他的成名作《太阳照常升起》。也是在这里他结识了许多巴黎的文化人，“与他们的聚会成为一种节日般的庆祝”。

正午时分，不是游人汹涌的时候，咖啡馆里三三两两地坐了些当地的客人。想必他们是这里的老顾客吧。侍者看我手里拿着海明威的书，不等我开口，径直把我带到一个靠墙的座位。然后指着墙上照片告诉我：“这就是海明威的位置。”

墙上是海明威年轻时的相片，相框下还挂有海明威在《流动的圣节》开篇的一句话：“假如，你有幸在巴黎度过青年时代，那么在此后的生涯中，无论走到哪里，巴黎都会在你心中，因为巴黎是一个流动的圣节。”显然，丁香园是把这话当成名言或者广告词了。

视线落下来，是桌椅。桌上铺着红条格的台布，虽然无人使用，依然点着蜡烛，给我的感觉像是一个神龛，颇有几分肃穆庄严的味道。椅子上挂有一个铜牌，上面写着“海明威之椅”。这和威尼斯的佛罗里安咖啡馆太相似了。在那家咖啡馆的一个座椅上也挂有这样一个牌子，只不过上面写的是“拜伦在此坐过”。看来，欧洲都有崇尚文人的传统。

我不知道海明威的位置一般顾客是否可以坐，但我断然是不敢坐的，这个位置如同一道风景，实在太抢眼了。

我惶恐地在旁边的一个座位坐下来，装模作样地翻着侍者递上的酒单。海明威喜爱的热朗姆酒，也许还是当年的味道，但一定不是当年的价格了，不用问也不用看；作为招牌菜的“海明威胡椒牛排”自然也同样附加了海明威的品牌价值，想必更是贵得要命。我随意要了一杯咖啡，瞅了一眼标价，39欧元。虽然贵，但在我预期的标准之内。

一边搅拌着香气四溢的咖啡，一边打量这个不大的咖啡馆，四周的墙壁上除了挂有海明威的照片外，还有萨特、毕加索、波伏娃等很多熟悉或不熟悉的面孔。他们都曾是这家酒吧的常客。

当然，他们不只是丁香园的常客，也不只是在丁香园才受到这样的崇敬。据陪同我的巴黎朋友说，在今天的左岸第五区，随便走进一家咖啡馆，也许一不留神就会坐在海明威坐过的椅子上、萨特写作过的灯下、毕加索发过呆的窗口。这并不夸张，我们在经过圣日耳曼大街时，在172号的花神咖啡馆门口，首先映入眼帘的就是一块竖立在街边写着“萨特—波伏娃之地”的绿色招牌。

从巴黎圣母院广场，穿过一座绿色的小桥，就是莎士比亚书店了。当年，年轻、贫困的海明威经常来这里消磨时光，书店主人西尔维亚·比奇女士满足了海明威对书的需求，允许他借几本书，并且不用急着付押金。西尔维亚不只对未成名的海明威很照顾，当年从爱尔兰来到巴黎的詹姆斯·乔伊斯奔波了几个月也没有人愿意出版他的长篇小说《尤利西斯》，后经美国诗人庞德的推荐，西尔维亚不仅冒着风险出版了《尤利西斯》，而且赶在乔伊斯生日的早上给他送去了样书。海明威在《流动的圣节》这本书中，对帮助过他的史坦茵夫人和庞德都有些微词，但对开设了这家书店的西尔维亚·比奇却表现出特别的敬意。他说她总是“那么愉快，那么热情，那么亲切”，毫不吝惜地给予赞美。当然他也提到了一排排顶到天花板的书架和满架子的书，还提到了乔伊斯经常会在将近傍晚时分到那里去。

与中国的大书店相比，莎士比亚书店的确太不起眼了。要不是门楣上刻着莎士比亚的头像，初来这里的人很难相信这就是驰名世界并成为名胜的书店。店不大，五六十平方米的样子。四壁全是书架，中央是一圈柜台，店员坐在里面收款，并在顾客买的书上盖上带有莎士比亚头像的印章。

书店有两层，一架楼梯通向二楼。楼上更狭小，墙上挂着一些作家的照片和手迹，房间中央还摆着几张行军床。我当时以为是供书店员工午休用的，后来才知道这些行军床最早是专为海明威和乔伊斯这样的读者准备的，现在只要是书店的常客就可以躺在上面看书或休息。可惜，我离开这里之后才知道，要不，我还可以躺在那里歇歇脚，在这样的书香气息中重温我自带的《流动的圣节》。

第二天路过先贤祠，突然想起海明威在回忆录中所提到的先贤祠广场与圣米契尔大道转角处的一家咖啡馆。他说他经常越过冷冷清清的先贤祠广场，到这家店里点上一份奶油蛋糕，另外再来一杯加奶咖啡。那是一家“温暖、洁净而且友好”的咖啡馆，他在这里注意到一位姑娘，俊俏，清新，“像一枚刚铸就的硬币……”使他非常激动，而她的离去又使他感到悲伤，他说：“我希望她是跟一个好男人一起走的。”

我特意从先贤祠前的广场逛到圣米契尔大道，并没有发现有什么老式的咖啡馆，在海明威说的那个拐角处，赫然耸立的，是麦当劳的快餐店。我没有失望，也不感到奇怪。八十多年过去了，巴黎自然会与时俱进。正如海明威所说，“当年的巴黎是一去不复返了。你变了，巴黎也在变”。

海明威预想到了巴黎的变化，但他做梦也想不到，他在巴黎的足迹会成为半个世纪后一个中国后生的一段旅程。

诺贝尔文学大师众生相

刘红江

阿纳托尔·法朗士的握手

1921年，77岁高龄的法国“文坛宗师”阿纳托尔·法朗士加入了法国共产党，并且获得了该年度的诺贝尔文学奖。老先生不顾医生的警告，带病前往斯德哥尔摩。当他从瑞典国王手中接过奖状、奖金，走回座位时，做出了一个惊人之举：他走到上届诺贝尔化学奖得主——德国的诺恩斯特面前，伸出手去。两个来自刚刚结束战争的交战国的巨人恳挚地握着手——这一次的握手握了很久很久，博得了全场一阵热烈的掌声。看来，在这个世界上，除了政客和战争狂人，没有人不热爱和平。

乔治·萧伯纳的金铃

1925年的诺贝尔文学奖被授予英国杰出的现实主义戏剧家萧伯纳时，他嘟囔着说：“干吗要在一个老头子的脖子上系上一只金铃？”在朋友的再三劝说下，萧伯纳才领了那张奖状，并把它挂在别墅墙上一个不显眼的角落里。他用所得的6500英镑奖金建立了一个英瑞文化基金会，以褒奖和扶持后起的作家。后来在接受一家新闻社的采访时，萧伯纳又说：“这件事我实在有点想不通。我想我之所以获奖是由于我今年没有写出半个字。”大师的幽默与通达由此可见一斑。

牢骚满腹的托马斯·曼

“虽然托马斯·曼于1924年年底推出《魔山》，可是他仍可单靠《布登勃洛克一家》一书取得获奖资格。而他的另几部小说……远不足以确定他的获奖资格。”

托马斯·曼虽然获得了1929年的诺贝尔文学奖，但他对于瑞典文学院诺贝尔文学奖委员会的这一评语并不满意。在他看来，《魔山》才是具有世界性地位的传世佳作，他应以《魔山》这部批判现实主义作品获奖。所以获奖后不久，托马斯·曼在给法国著名作家纪德的信中说：“一位诺贝尔委员会中有相当影响力的著名批评家，曾在公众场合说这部作品（《魔山》）是蹩脚的艺术品。因此，瑞典文学院授奖于我的主要原因是我的早期作品《布登勃洛克一家》，这是院士们的共同心声。从各方面来看，瑞典文学院是完全走偏了。单靠《布登勃洛克一家》，我不足以获得瑞典文学院的褒奖。总之，我在这个世界上的地位确实是由这部倒霉的小说造成的。”

牢骚溢于纸上，却更见大师的真性情。

悲欣交集的胡安·拉蒙·希梅内斯

1956年，当西班牙诗人胡安·拉蒙·希梅内斯获得该年度诺贝尔文学奖的喜讯传来时，希梅内斯正在波多黎各一家医院的病床前，守护着身患癌症的妻子塞诺维亚·坎普鲁维，默默地流着眼泪。当医生把获奖贺电交给希梅内斯时，他接过电报，轻轻地念给妻子听，然后把电报轻轻地放在她的手中。坎普鲁维露出一丝欣慰的微笑。三天后，她永远地离他而去。那以后的两年里，希梅内斯一直寂寞苦闷。1958年，诗人含笑合上了双目。如果真的有天堂，他高贵的灵魂应该已在那里找到了他挚爱一生的妻子。

这个世界上，一直笃信爱情的，也许只有诗人了。

谢绝一切来自官方荣誉的萨特

1964年10月22日，当瑞典文学院宣布法国作家萨特获得该年度诺贝尔文学奖时，这位具有奇异思想的作家，在没有任何来自外界压力的情况下，采取了一个奇异的行动：他向瑞典文学院和世人声明，拒绝接受这项巨奖。他的理由是：“谢绝一切来自官方的荣誉。”

萨特有句名言：“行动吧，在行动的过程中就形成了自身。人是自己行动的结果，此外什么都不是。”

事实上，他一直都是这么做的。

荒诞的塞缪尔·贝克特

当爱尔兰荒诞派戏剧作家塞缪尔·贝克特得知自己获得了1969年度诺贝尔文学奖时，竟做了一个荒诞的举动——马上躲到乡村的一个小山庄里去了。那个小山庄正好遇上山洪暴发，一时间，他几乎成了一个与世隔绝的“隐士”。塞缪尔·贝克特是荒诞派戏剧无可争议的杰出代表，正是从他那部成名作和代表作《等待戈多》开始，荒诞派戏剧才真正有了同莎士比亚、莫里哀、易卜生等大师比肩的资本。《等待戈多》的主题是：生命的本身就是等待，而等待的人永远不会来。所以说，作家的行为是对他作品最好的诠释。

受宠若惊的切斯拉夫·米沃什

当1980年度诺贝尔文学奖获得者公布时，美国和波兰文艺界都在发问：“他叫什么名字？米沃什？怎么从来没有听说过？”

米沃什在获奖前确是一位不太知名的作家。1980年10月，德国法兰克福曾举行一次国际书展，世界各国出版商把近十万本世界名著带来展览，却偏偏找不到一本米沃什的作品。米沃什获奖后，在接受美国《旧金山记事报》记者采访时说：“获奖给我带来了读者和困扰。我担心自己的作品会遭到曲解，如果是这样的话，我宁愿不要读者。”

为了作品不受曲解，宁愿不要读者！大师对作品的钟爱，由此可见一斑。

谦逊的托尼·莫里森

1993年10月7日，瑞典文学院宣布，将诺贝尔文学奖授予美国黑人女作家托尼·莫里森，以表彰她为繁荣美国文学所做出的贡献。莫里森是第一个获此殊荣的美国黑人。

消息传到美国后，一位朋友在黎明前打电话把她叫醒，告诉她已获诺贝尔文学奖。“我的第一反应是不相信……我从来没想过我会获诺贝尔奖。我快30岁时才开始写作。我年轻时并无具体的志向，我只是考虑要找一份工作。”她说，“我认为最有意义的是，诺贝尔文学奖——世界上最高的文学奖——终于被授予一位非洲裔美国人。”

谦逊和自豪，在这一刻表现得如此和谐完美——谦逊，对自己；自豪，为民族。

达里奥·福的嘲笑

1997年10月9日，意大利剧作家达里奥·福的名字被载入诺贝尔文学奖的史册。达里奥·福有着令人难以置信的百科全书式的艺术全才，他也是有史以来第一位获此殊荣的演员。

得知获奖后，达里奥在打给妻子的电话中说："我喜欢这个奖……因为是给一名演员而不仅仅是给一名作家……这将是第一次由一个演员握住国王的手。那18名评委做出了勇敢的选择。"

后来，在接受记者采访时，他说："在第一次谈到要给我诺贝尔奖时，意大利就曾有人说那将是这个奖的死亡，今天似乎是对那些批评家的一个嘲笑。"

值得一提的是，这位喜剧天才曾于1975年来到中国做短暂的私人访问。在那个动荡的特殊年代里，达里奥·福的到来并没有引起人们的关注。他轻轻地来，又轻轻地走了，但是他带走了中国的一片云彩——回国之后，他根据这段经历写下了剧本《老虎的故事》。

绅士还是无赖——哈罗德·品特

2005年，英国剧作家哈罗德·品特成为诺贝尔文学奖得主。获奖后，英国人称品特为"绅士"，美国人却坚持叫他"无赖"。美国人的说法是："诺贝尔文学奖又一次证明了它的荒谬。品特的戏剧完全是塞缪尔·贝克特的翻版——过于热情洋溢，又是彻头彻尾的二手货。他能够名存于世全依靠那些偏激的政治言论。他疯狂攻击美国政府，却搞不清楚布什究竟是恶魔还是天才。"

品特笔下的人物语言极具特色，他们说起话来要么吞吞吐吐，要么滔滔不绝，这种充满停顿的语言被称为品特式的“静默”——目的是掩藏真实意图。按品特的说法，他是为了表达“真实与谬误并无明确分界，它们不是非此即彼，而是时时共存”。

获奖后的品特将这番话重新演绎：“作为一个艺术家，可以容忍真实与谬误的模糊；作为一个公民，我必须知道什么是真实，什么是谬误。”

所有的大师，首先是一个公民，然后才是艺术家。

茶花女柳

肖复兴

如果不是大家一劝再劝，威尔第是不会离开圣阿加塔，到米兰来的。他自己清楚地知道，他的病已经很严重了。自从三年前妻子朱塞平娜去世，他的身体每况愈下，听力越来越差，腿也不听使唤了，以致连床都爬不起来了。老了，老了！他常常在心里感叹道。

这是1900年的冬天，威尔第87岁了。

饭吃得越来越少，觉睡得也越来越少。一觉醒来，夜色沉沉，窗外再也看不到圣阿加塔乡间那明亮的星空。四周是一片墨汁一般浓重的夜色，什么也看不见，只有往事浮出夜色，格外清晰地跳出来，像是五线谱上的音符排着队向威尔第涌来。

他太想念圣阿加塔了。

圣阿加塔在他的家乡布塞托，他一辈子喜欢乡村，难怪妻子朱塞平娜一直管他叫“乡下佬”。威尔第一生的大部分时间，都是在圣阿加塔度过的。那里有米兰乃至整个欧洲大都市里都没有的田野、谷地、葡萄园、玉米地，还有他在花园里亲手种植的郁金香、杜鹃和蔷薇，养殖的漂亮的野鸡和孔雀，还有他养的那条叫作卢卢的狗，他培育的叫作“威尔第”的新品种良马……

他似乎都听见它们那熟悉的叫声了。

当然，他最想念的是花园里他亲手栽下的那些树。自从1848年买下了圣阿加塔之后，他所有的歌剧都是在这里写下的，乡间给了他在城市里绝对没有的灵感。那一年，他37岁。每写完一部新的歌剧，他庆祝的方式都有些特别，他会在花园里栽种下一株新的树苗，每一株树苗的品种都不一样：《利哥莱托》是悬铃木，《茶花女》是柳树，《游吟诗人》是橡树，《唐卡洛斯》是朴树，《阿依达》是苹果树，《奥赛罗》是梧桐树……

晚年，威尔第最喜欢到花园里散步，那些他栽种下的树，都已经长得枝叶茂密，树冠如伞。他写下了多少歌剧，这里就有多少株不同的树木，像是列队等候他检阅的士兵，这让他一目了然，格外开心。

越是睡不着，这些树就越是浮现在眼前的黑暗中，像老朋友一样，用树叶的飒飒声，和他说着话。当这些树走马灯似的再一次从他的眼前晃过的时候，他一把拉住了那株柳树。

他想起了妻子朱塞平娜。

那一年，他整整50岁，写完了他钟爱的《茶花女》，他问妻子："亲爱的，我们种一株什么树好呢？"

妻子想了想，说："就种一株柳树吧。"

他便种下了一株柳树。在花园所有的树中，妻子特别喜欢这株柳树，她把这株柳树亲热地叫作"茶花女柳"。

每年复活节到来的时候，她都要特别到那株柳树前，看看它的嫩叶长出来没有。她总会为第一眼看到了嫩叶像小鸟啄破蛋壳般探出头来而高兴得大呼小叫。威尔第喜欢跟着她，俯身看着这大自然的杰作，他琢磨这嫩叶是怎么长出来的呢，会是和自己音乐里的音符一样，神助一般在某个瞬间一下子就从心中奔涌而出的吗？看着妻子抚摸着它那随风摇曳的细嫩枝条，让那鹅黄色弯眉一般的嫩叶轻轻地摩挲着她的脸庞，他觉得那柔韧的枝条，如同妻子那一头飘逸的金发，一起在阳光下迷人地闪亮。

三十多年过去了，那株"茶花女柳"一点点长大，和自己一样的老了，枝条再不如以前婀娜了，树干粗壮得如同水桶一般，还布满了老年斑一样的疤痕。现在，冬天到了，它的枝条更是和自己一样瘦骨嶙峋，在寒风中发出颤抖的叹息。妻子走了，自己也离开了它，圣阿加塔的花园里，只剩下孤零零的它，真可怜啊！

想起那株"茶花女柳"，就想起了妻子。同时，威尔第忍不住也想起了花园里的老花匠巴西利奥·皮佐拉。责怪自己当年没有听皮佐拉的话啊，他的心里隐隐觉得有些对不起皮佐拉。

威尔第是个怪人，他的音乐是那样豁达、细致、温情，生活中的他却是那样刻板，甚至粗暴得像头黑熊。他还格外看重金钱，特别吝啬，对待那些登门找他来要新歌剧的剧院老板，他索要高价，并且只要现金，一次付清，绝不通融。对待手下为他干活的农民，他也是一样锱铢必较，绝不会多给一文钱。他还常常会为一点鸡毛蒜皮的小事而火冒三丈，没头没脸地训斥、大骂那些农民。

那一天，他就是这样把皮佐拉劈头盖脸地骂了一通。

其实，只是为了那株“茶花女柳”。那株柳树也真是奇怪，妻子死后，它也渐渐地枯萎了，仿佛它真的有灵性。妻子死后的第二年春天，复活节过去好多天了，圣阿加塔的田野里的麦苗已经返青，葡萄园里的葡萄藤也已经冒出了嫩芽，花园里所有的树木都回黄转绿，唯独那株“茶花女柳”还是枯枯的，没有一片绿叶，像是一个脱光了头发的老女人，赤裸着干枯的身子站在那里，让人触目惊心。

皮佐拉找到威尔第，告诉他那株柳树已经死了，问是不是要把它砍掉。威尔第一听，立刻火冒三丈，冲皮佐拉大骂道：“谁告诉你说‘茶花女柳’死了？我看要死的是你这个畜生！”

皮佐拉一气之下，提出辞职。威尔第大怒：“滚蛋吧，我不缺少花匠，不缺少你这样的蠢货！”他扣下3000里拉的工钱，生生就是不给人家。

现在，在黑夜的一片混沌之中，他想起了那株“茶花女柳”，想起了老花匠皮佐拉。

第二天，天蒙蒙亮了，冬天的米兰，浓重的晨雾遮挡住窗户，屋子里的光线有些晦暗。

他把玛丽亚叫进来。玛丽亚是他和妻子收养的一个小姑娘，妻子死后，一直都是她在照料威尔第，他们情同父女。她问：“有什么事情吗？”她知道威尔第这几天来，一直心神不宁，常常在说写遗嘱的事情。她眼瞅着威尔第在急遽地消瘦和衰老，当年健壮的身体，如同一株大树无可奈何地枯萎，被掏空的树干，在风中发出凄凉而哀婉的空旷回声。

果然，威尔第让她立刻请人来帮助写遗嘱。她看见了，威尔第的眼睛如风中的残烛，闪动着最后一线微弱的光。她的心里一酸，赶紧要退下找人去。

就在她刚刚转身走到门口的时候，她听到威尔第叫她的声音，虽然那声音很微弱，她还是听见了，“玛丽亚……”她转身，又走到床边，低下头问道：“还有什么吩咐吗？”威尔第从被子里伸出一只手，睡袍宽松的袖口垂了下来，露出他枯枝一样的手臂。他颤颤巍巍地指了指窗户，说：“请帮我把窗户打开。”“外面很冷呀！”玛丽亚很吃惊。她不知道威尔第为什么要这样做。但是，威尔第坚持伸着自己枯瘦的手臂，指着窗户。玛丽亚没有办法，只好走到窗户前，把窗子打开了一条缝。威尔第摇摇头，使劲地挥动着手臂。

玛丽亚明白，他是要自己把窗子再开大一点。没有办法，她太了解这个固执的老头了，只好把窗子开大。寒风立刻水一样汹涌地灌进屋子里。她望着威尔第，不知该如何是好。威尔第却向她挥挥手臂，让她赶快走，去请人吧。玛丽亚只好离开了房间，心里有一种不祥的预兆。

浓雾很快灌满了整个房间。威尔第大口大口地吸着湿润而凛冽的雾气。恍惚中，这样的情景很像圣阿加塔谷地上春天里飘弋着的浓雾，葡萄园里的葡萄藤，花园里那些他和妻子亲手栽下的树，在雾气中都是那样光滑而湿漉漉的，他几乎闻到了散发在整个圣阿加塔的那种清新的香味……

当玛丽亚带着人走进屋里时，威尔第已经昏迷了。他们慌忙把他叫醒，又赶紧把医生叫来。威尔第睁开了眼睛，突然又精神起来，仿佛他睡了一大觉，疲惫的身体有了一些恢复。他对着那个帮他写遗嘱的人，一条条列着他遗嘱的条目，先从慈善机构开始，音乐家的养老院、医院、佝偻病人和聋哑人的福利机构，再说到家属、朋友和一直伺候他的玛丽亚以及其他的仆人们……他的头脑清醒而清晰，有条不紊，深思熟虑，无一遗漏，和以往的暴躁与吝啬，判若两人。

最后，他把玛丽亚叫到身边，问道："巴西利奥·皮佐拉，你还记得吧？"

玛丽亚点点头。他特地嘱咐："在我死后，立即付给花匠巴西利奥·皮佐拉3000里拉。他在圣阿加塔我的花园里干了好多年活。请一定要把这一条写在我的遗嘱上，由你负责执行。我很愧疚，这是我欠他的工钱。而且，我还对他发了脾气，其实，他是对的，就请转告他，请他把那株柳树砍掉吧。”

冬天还没有过去，第二年的1月27日，威尔第与世长辞。送葬的时候，老花匠巴西利奥·皮佐拉来到了米兰，但他没有听从威尔第的遗嘱把那株老柳树砍掉。在圣阿加塔威尔第的花园里，那株“茶花女柳”还在。

总有一天

邢世嘉

一幢三层的建筑，不高大，也不华丽。门口排着长队，队伍从门口的平台沿着半层楼高的台阶一直延续到街边。人们像参加一次宗教仪式，虔诚地、有序地排列着，耐心地等待进入那个期待已久的殿堂。

这个殿堂不是宫殿，不是教堂，是凡高美术馆。

这个每天都会出现的场面，是凡高未曾预料到的，要不，他不会对着自己的肚子来一枪；是他的邻居不曾预料到的，要不，他们不会联名上书把他赶进疯人院；是他那个时代所有人都未曾预料到的，要不，他的画不会在他们眼里一文不值，拿它来遮墙缝，甚至盖鸡笼。

历史总是在考验着人们的眼光和耐心。凡高在世时没有卖出一幅画作，当他的大部分作品流散于世界各地之后，历史老人才把赞赏的目光投向了这个“疯子”。凡高——这个曾经被遗忘的名字，突然变成了财富的象征，他的画从一文不值到几十万美元，再到几千万美元，价格一路攀升。而在政治家眼里，凡高也从一个传说中的疯子变成了一个价值无法估量的文化品牌，凡能与他扯上关系的，纷纷与他攀亲：凡高生前居住过的法国小镇要认他做乡亲，法国甚至要以国家的名义认凡高做法兰西的儿子。正是在这个时候，凡高真正的祖国荷兰才突然意识到，19世纪那个叫凡高的穷小子是荷兰人。

为证明凡高是他们的儿子，荷兰政府于1973年在阿姆斯特丹修建了这座以凡高的名字命名的美术馆。

从凡高美术馆奠基的那天起，荷兰人就开始投入大量的资金到处收购凡高的画作，但收获不大，无论出价多高，许多抢手的杰作已很难买回。所以直到现在，我们在凡高美术馆只能看到他的两百多幅油画、五百多张素描和一部分书信。就油画来说，凡高在短暂的一生中共创作了八百多幅，这里的收藏量仅占其中的四分之一。

即便如此，美术馆还是吸引着世界各地的人们，开放时间一延再延，仍满足不了需要。从早到晚，馆外总是排着长长的队伍。而在馆内，在凡高的每一幅画前，人群分成里中外三层，有序而悄无声息地向前移动。这样的情景每天都在重复着。

在世界艺术史上，没有任何一位画家能像凡高一样得到世人如此的崇敬和热爱。但这一切对凡高来说来得太晚。在世时他从未感受过被崇敬和被热爱的滋味。他所感受到的，是饥饿的滋味，是被人鄙视的滋味。他留给这个世界的遗言是：“痛苦便是人生。”

凡高的痛苦首先来自爱情。他在叔叔设于伦敦的画店工作时，爱上了房东的女儿，当他向她求婚时却遭到了拒绝。表姐凯·沃斯与他有同样的爱好，也很欣赏他的才情。而当他向表姐求爱时，得到的答复却是："不，办不到，永远办不到！"他同情怀着孩子的妓女西恩，想把自己全部的爱情奉献给这个不幸的女人。但这却激怒了凡高做牧师的父亲，他认为凡高的行为让家族蒙羞，因此终止了对凡高的资助。

凡高从此失去了经济来源，学业与爱情也走到了尽头。

在凡高美术馆的三楼，陈列的主题被命名为"凡高早期作品"。但在我眼中，那些灰暗的画面依然是一种苦难的呈现。凡高在这里掩藏了自己的伤痛，却用他悲悯的心描绘着纽南底层民众为生存而挣扎的痛苦。《带婴儿椅的织布作坊内景》《雪中的墓地和两个人》《吃土豆的人》都是凡高在纽南时期的作品，色彩灰暗，造型凝重，无不凝聚着凡高对贫困阶层悲苦命运的深切忧虑。

随着人流从美术馆的三楼再次回到二楼。这里所展出的是被归为"凡高成熟时期"的作品，在展板的下方出现最多的年份是"1888年"和"1889年"。那是凡高在法国南部小城阿尔的时间。因为有了弟弟提奥的资助，有了最基本的生活来源，加之阿尔阳光灿烂，天空明净，他的心也变得敞亮了，画中的色彩也变得炫目起来，它们像阳光一样照亮了整个展室。

站在并列的几幅《向日葵》前，从他那粗短的笔触中，从那堆积在画布上的厚厚的金黄中，我又一次真切地感受到他痛苦的呼吸。这一次的痛苦发生在短暂的欢愉之后。

1888年夏天，孤独的凡高试图在阿尔组织一个名叫“南方画室”的画家沙龙，他向一些画家发出了邀请，结果只有高更答应前往。高更是凡高在巴黎蒙马特认识的朋友，他们彼此欣赏。

收到高更准备前往阿尔的消息，凡高欣喜若狂。他原本想画12幅《向日葵》来装点他在阿尔租住的小屋，以迎接高更的到来，但刚画完4幅高更就来了，并给凡高带来了新颜料和一种黄麻画布。在高更的鼓动下，凡高用高更带来的黄麻画布又画了第五幅《向日葵》。但是不久，两位艺术家因艺术理念上的差异发生了激烈的冲突，高更随即离开了阿尔。

一向固执的凡高为了挽回高更的友情，愿意在画风上做出妥协。他调整了自己的风格，消除了一切可能带来现实主义联想的细节，以迎合高更的艺术趣味。然而，一切都是徒劳，高更再也没与凡高见过面。

因为对友情的期望过于强烈，对既得的友情过分看重，所以当失去对方之后，由此而来的痛苦就几乎是致命的。失去高更的凡高从此一蹶不振，在他生命的最后一年中，人们再也没有见到过他的笑容。

在二楼的展室里，有一幅自画像，是凡高割掉右耳之后在医院完成的，画像中的凡高头上缠着绷带，这是他最有名的一幅自画像。此前，凡高不止一次地画过自己，每当对自己极度失望时，他就面对镜子审视自己，他想看清自己的面目，想明白自己为什么总是遭受世人的白眼、鄙视和遗弃，但单纯的他从没有想明白过。于是，他用躁动不安的笔触一次又一次地画自己这张一点也不好看的脸。他画过戴各种帽子的自己，穿皱巴巴的西服的自己，蓄胡子的自己，留短发的自己，叼烟斗的自己。他用一排排粗短的直线射向自己的额头和脸颊。面对这张日渐消瘦的脸，他问自己，这就是那个一直妄想成为画家却要靠弟弟省吃俭用来为他买画布和颜料的人吗？这就是那个交不起廉价房租、买不起廉价面包而要靠弟弟供养的人吗？一次次的打击，一次次的怀疑、失望，最后，他终于对自己彻底绝望了，他不想再拖累负担日重的弟弟。于是，他放下画笔，拿起了手枪……那一年是1890年，他37岁。

凡高死的时候没有人当他是一个画家。在当时的奥弗小镇上，人们相互传递着消息：那个疯子死了。语气里颇有几分快慰。然而凡高并不是一个疯子，他出生在荷兰南部的一个牧师家庭，天资聪慧。牧师在欧洲的社会阶层中，属于上流社会，如果听从父辈的安排，他原本可以生活得很好。只是凡高生性率真，过分尊重来自灵魂深处的指令，使得他与世俗社会格格不入，在现实与理想之间失去平衡，最终导致了他偏激、敏感，甚至有极端的神经质性情。

至于他自杀的真正原因，欧文·斯通在《凡高传》中认为，他除了画画，什么都不会做，所以当他获知弟弟提奥有了儿子之后，便担心自己的存在会使弟弟不堪重负，为了“对谁都有好处”，他决意一死了之。欧文·斯通的观点显然是被很多人接受了，我不止一次地看到这样的文字：“他除了画画又能做什么呢？”好像凡高是一个被人为设置的功能单一的机器人，头脑里只有色彩组合程序，双手也只能拿画笔。事实上，凡高在27岁前做过很多事情，曾有过画店店员、书店店员、传教士等职业经历。27岁之后，他因为立志要做一个职业画家，才把画画当成自己唯一的职业理想。但残酷的现实击碎了他的理想，他的画一直没人买，他也就一直需要弟弟来接济。靠别人养活本来就不是一件愉快的事，加之供养他的人自身并不宽裕，接受这样的施舍，其内心的负担该是何其沉重。可他又不愿在职业理想上做出哪怕一丁点儿的妥协，于是选择中途谢幕。所以，在我看来，凡高是一个孤独的职业理想主义者，一个纯粹的画家。除了画画，他宁死也不愿做其他任何事情。他执拗地用结束生命的方式捍卫了他作为一个画家的纯粹性。

凡高的生命虽然短暂，但却厚重，就像他呈现在画布上的笔触，虽短却粗，那堆积在画布上或灰暗或亮丽的色彩正是他生命厚度的昭示。他的肉体在别人眼里也许是卑贱的，但他却在苦难中、在别人鄙视的目光中坚守着自己高贵的灵魂。

欧文·斯通的《凡高传》中对青年时的凡高有这样的描述：留着长发，喝着酒，不会弹吉他，却喜欢抱着吉他憧憬未来，想象着“总有一天”。凡高在世时没有看到自己梦想中的那个“总有一天”，但在百年之后却让我看到了。历史终归是公正的。

寻访简·爱

格桑亚西

寻访夏洛蒂·勃朗特或者说简·爱的过程浪漫又辛苦。英格兰的秋天，笼罩着雾和雨，汽车走错了路，在乡间小道上绕来绕去兜圈子，我们甚至不得不在狭窄的车厢里蜷缩了一宿。但是，英格兰北方小镇哈沃斯还是在第二天早晨迎面而来，带着湿润的风。这是个依山而建的小镇，黑色条石铺成的街道保持着中世纪的原形，下雨时不会积水，但穿着高跟鞋走在上面并不舒服。石头和红砖建成的房子都是百年前的建筑，挂有“B and B”幌子的是带传统英式早餐的家庭旅馆，一个双人间的价格每天大致为50英镑。山顶的教堂是全镇的中心，很多年过去，石头砌成的老教堂依然结实。一百多年前，夏洛蒂的父亲老勃朗特就是这个教堂的牧师。他在这里娶妻生子，领读《圣经》，主持过许多婚礼葬礼，最后，又由别人主持了他的葬礼。

教堂后是偌大的勃朗特家族墓地，年代已很久远，长有不知名的高大乔木。石头坟墓层层叠叠排开，有些歪斜开裂，墓碑上布满苔藓，字迹模糊到无法辨认。有的还装点着鲜花，打扫得一尘不染。所有坟墓的形状不尽相同，越古老就越庞大，无一例外的是都装饰有十字架。

再后面的二层小楼，曾住着勃朗特一家，现在是故居博物馆。一个多世纪前，夏洛蒂·勃朗特在里面度过了她生命中的大部分时光。从画像上看，她是个小个子女人，有着和她笔下的女主人公简·爱相似的容貌，薄薄的嘴唇，面色有些苍白。我注意到玻璃展柜里的素花裙子腰身纤细，针织手套也很小。

英国的城镇好就好在古老，人们普遍有着浓厚的怀旧情结，举国上下就像一个超级巨大的老古董，几百年来面貌风景变化不大。从英格兰到苏格兰，到处是老街老巷老教堂，粗大的橡树和醋栗树，还有无处不在的人物雕塑，他们的脑袋是海鸥和鸽子最喜欢歇脚的地方，肩膀上常常落满了鸟粪。

哈沃斯也是这样，远离中心城市，几乎没有受到过战争的破坏，又是雨后的早晨，所以尤其显得宁静。

我漫步在潮湿的街道上。一百多年前的夏洛蒂·勃朗特也常在这里漫步，有时候三姐妹一起，更多的时候是她一个人。我能够想象出她匆匆的或者舒缓的身影。她穿腰身很窄、下摆撑得很大的素花裙子，头上戴有和简·爱同样的帽子，手中永远有一柄小巧的伞。她微微踮起脚，小心地走过有些湿滑的石头街道，街道在傍晚会有专门的人用长杆点亮昏黄的煤气灯。

那些今早正在飞翔或者暂时栖息的鸟，它们的祖先就曾在夏洛蒂的窗户前鸣叫；那只花园里肥胖的黑猫，它的曾祖父的曾祖父的曾祖父，也应该曾蜷缩在她家的扶手椅上，安心地打着呼噜。

也许某个天气好的傍晚，落霞灿烂，在某条林荫路尽头，真有一位绅士当着她的面，从马上摔下，所以有了后来小说的情节。两人最终过上美满的乡村爱情生活，让读者大大舒口气，心满意足地合上书本。

现实生活中的夏洛蒂·勃朗特没有简·爱的幸运，在经过几次不成功的恋爱后，1854年6月，她38岁时才和她父亲的同事尼古拉斯结了婚，据说婚后的日子还算美满。但好景不长，仅仅6个月后，她就生了病，不到40岁就离开了人间。

就是在这里，在天气阴郁寒冷、不适合出门的日子，在二楼小小的起居室里，女作家憧憬着心中的爱情，构思并写出了《简·爱》，为全世界能够终成眷属的有情人，还有更多因为世故人情的阻碍而不得不劳燕分飞的男人女人讲述了一个具有浓郁英格兰乡村风味的爱情故事，为她赢来不朽声誉，也使之前名不见经传的哈沃斯最终成为热门的旅游目的地。

小说写得跌宕起伏，缠绵悱恻，其间的伤心、绝望、撕心裂肺，到后来的水到渠成、柳暗花明，让人唏嘘，慨叹，感同身受。

中国古人说“问世间情为何物，直教人生死相许”，很精辟。其实每个伤痕累累的男人内心深处都是一个罗切斯特，每个罗切斯特终其一生都在苦苦寻找他的简·爱。而每个不幸婚姻的阁楼上，都关着一个会咬人的疯子，她（他）会把美丽的爱情、幸福的婚姻变成一片焦土，最终两败俱伤。

小说中的罗切斯特是幸运的，而现实中的许多罗切斯特，只能终生囚在幽暗的围城里，郁郁寡欢。

找寻和自己般配的爱人的道路千回百转，曲折又辛酸，虽然不乏碧桃花下、新月如钩的浪漫，但更多的可能只是昙花一现的幻影，是绝望、郁结、愤懑。

我的一位好友喜欢用“苍茫的疼痛”来表达这种心绪，这是敏感的男人和女人内心常有的感受，不只是为具体的某人某事，也是对人生、时光，对盛宴必散、好景不长的怅惘和预感。你明知道非常重要，想挽留，可就是留不住，只有眼睁睁看着美好的东西渐行渐远，空留断肠人在天涯。

有时候自以为胜券在握，幸福只是瓮中之鳖，唾手可得。婚礼上，牧师已经轻松地问到最后一个问题，宾朋们想的是宴席的丰盛，只要再等到一句坚定的“我愿意”，就心想事成，却冷不防一个来自西印度群岛或别的什么鬼地方的蓄谋已久的声音冷冷地改变了似乎注定的幸福，蜡烛熄灭，香槟不再冒泡。原以为坚不可摧的东西转眼土崩瓦解，甚至来不及反应和辩解。

外表冷漠、生硬、玩世不恭、放浪形骸，内心敏感、脆弱、疲惫不堪、孤单凄切，这是罗切斯特，也是天底下大部分的沧桑男人。他们冷嘲热讽，拒人千里，甚至出口伤人，不愿意承认自己的痛苦和无助。

只有简·爱这一类型的女人能够打动和安抚中年男人苍茫纷乱的心。她也许会在你春风得意、高朋满座的时候悄悄离去，却注定在落叶无边的秋夜轻轻回归，安静得有如最初的月色。她永远不会是浓墨重彩、光艳逼人的存在，但那种沉静质朴、恬淡隽永，恰恰给人以安全感。

夏洛蒂·勃朗特就是这样以女作家特有的敏锐洞察了不幸的中年男人内心的压力与痛苦，塑造了一个近乎完美的女主人公简·爱，慰藉着好些人在现实生活中总是不小心弄错终身伴侣的苦涩。

小说自问世以来，打动着一代代读者的心，被拍摄成各种版本的电影，成功地为一批批罗切斯特树立起梦中情人、心中偶像的标准。

电影中脍炙人口的台词是这样的："你以为我穷、不好看就没有感情吗？我也会的，假如上帝给予我财富和美貌，我一定要让你难于离开我，就像我现在难于离开你。上帝没有这样，但我们的精神是同等的，就像我和你经过坟墓，将同样地站在上帝面前。"

简·爱是流着不可遏制的眼泪说这番话的。这是简·爱式的独立自主，简·爱式的自由平等，简·爱式的爱情宣言，这是一种被逼迫到墙角的孤注一掷的最后呐喊，是有尊严的弱势群体在等级森严的上流社会里不屈的绝地反击。

这些话也是夏洛蒂·勃朗特的心声。

在哈沃斯，我其实根本就分不清夏洛蒂和简·爱，常常把她们混淆为一个人。

我寻访墓地的时候，不熟练的英文开口就是："请问先生，简·爱的坟墓在哪里？"而那位笑呵呵的英国乡村警察，居然毫不迟疑地就把我领到了夏洛蒂的坟墓前。

我可爱的英国朋友请我品尝老派的约克夏布丁——一种美味的传统食物，她的介绍也是："简·爱曾在这一带的乡村学校教书。"

我当然知道她的本意是指夏洛蒂·勃朗特，但我乐意听她这样说，并且我一直固执地认定，给我们端上大盘食物的那个健壮的红脸膛英国农妇，她的长相就非常像格瑞斯·普尔——小说中罗切斯特疯老婆的看护，常常偷着喝醉酒。

就要离开哈沃斯了，我还是不能够确定自己是否找到了简·爱。在我最后一次走过古老街道的时候，久违的太阳已经出来了，暖暖的阳光照亮了小镇，照亮了那对相互搀扶的夫妻，照亮了那给我指点迷津的彬彬有礼的先生和他优雅的夫人，而我的心在惜别中，又一次充满了温情。

消失的情人

羽毛

谁都不会忘记小说《情人》的经典开头：

> 我已经上了年纪，有一天，在一处公共场所的大厅里，有个男人朝我走过来。他自我介绍之后对我说："我始终认识您。大家都说您年轻的时候很漂亮，而我是想告诉您，依我看来，您现在比年轻的时候更漂亮，您从前那张少女的面孔远不如今天这副被毁坏的容颜更使我喜欢。"

1984年，70岁的杜拉斯因这部作品再度获得盛誉，并赢得龚古尔文学奖。颁奖仪式上，31岁的雅恩双眼亮晶晶的，他注视着他的情人。他同样迷恋那张被岁月摧毁却风情更甚的脸庞。

杜拉斯从1943年开始文学创作，获奖无数。她有过很多情人，垂暮之际爱情已如一片荒漠，却偏偏遇见了雅恩。

那时杜拉斯应邀去冈城讲座，哲学系大学生雅恩也在其中。这位眉清目秀的年轻人问了她两个问题："您现在还有情人吗？""一个也没有。""我能给您写信吗？""寄到巴黎的地址吧。"她看见年轻人脸红了，可是旋即就把他忘了。

回到巴黎，这个固执而深情的年轻人，却让杜拉斯越来越无法释怀。他不断写信，一天一封，甚至一天数封。他谈她的每部作品，字字珠玑，简洁精彩。他也谈对她的仰慕："看过您的作品，就觉得世界上只有一个作家，那就是您。您的每部作品我都喜欢。"他甚至不断寄来诗歌，每一首都像怒放的花朵，充满爱慕。

起初杜拉斯看过便束之高阁，从不回复，直到7个月之后，杜拉斯终于拿起笔，写了第一封回信："……我现在的情况很糟糕，觉得活不下去了。我喝酒太多，为此进了医院，接受治疗。我何以落得如此地步？希望你能陪我左右。"

不久，杜拉斯就接到了雅恩的电话，声音略显胆怯。

"我要过来看您。""什么时候？""明天。大轿车十点半到，十一点就能到您家。""好吧，带瓶酒过来。"

第二天上午，杜拉斯在自己的海滨公寓里来回踱步，不时站在阳台上，向下张望，猜测雅恩的样子。雅恩来了，又高又帅，面部棱角分明，手里居然还拿着一把中国雨伞。杜拉斯的初恋就是一位中国男子。

开门之后，杜拉斯自然地拥抱了雅恩，说："我知道你为了什么远道而来。我仿佛认识你很久了……”一番长谈之后，当晚雅恩没有离开，睡在了她儿子的房间，他被海浪般的幸福弄得头晕目眩，久久难以入眠。

那年，她是66岁的著名作家，他是27岁的无名教师，却双双坠入情网。

杜拉斯并不美貌，她曾说自己长得像猫头鹰，何况岁月无情，满脸皱纹如同干涸的田地。她只有1.5米高，永远穿着刚到膝盖的直筒裙，罩一件大背心或者大风衣。在男人眼里，她的脾气也太过任性粗暴，前夫曾骂她是个“疯子”。

但是，雅恩却心甘情愿地成了杜拉斯的情人，同时担当她的打字秘书、司机、护士。他迷恋她的才华和热情，忘了她的皱纹和年龄。他们每晚一起散步，她挽着他的胳膊，小鸟依人地走在他身旁。他们一起趴在栏杆上看海，看白色的鸟儿如何盘旋。他们一起开车兜风，听海浪在耳边雄浑地歌唱。他们毫不在意外人的眼光，当时当地，他们发光的眼中只有彼此的笑颜。

雅恩曾这样回忆杜拉斯：“我从来没见过她休息，我反而比她累。凌晨三点，她把我推醒，热情地说，咱们去奥利机场看飞机吧！在她那里，岁月仿佛是停滞的，她好像永远只有18岁，充满激情和不可思议的想法。”

但是爱情并不总是甜蜜的，两人也会争吵，尤其对于杜拉斯那样任性尖锐的女人，挑剔是难免的。雅恩不止一次地离家出走，可是每次他都不忍走远，就在附近的旅馆和酒吧徘徊，不过一两天就回家了，继续给杜拉斯打字、插花、整理家务，心疼她……1981年6月15日，两人再次大闹，雅恩决绝地出走。杜拉斯以为他一去不返，伤心地抚摸他的每件物品，然后坐在打字机前，失魂落魄地写道：

“当我不再怀有爱情的时候，我确实不再爱什么了，除了还爱你之外……”当雅恩再次回来的时候，杜拉斯扑进他的怀里，久久不肯离开。1985年，杜拉斯大病一场，甚至长期昏迷，人事不知。雅恩全天守护，握着她瘦如枯枝的手，在她耳边喃喃细语，竟让杜拉斯奇迹般地康复，又从死神手里夺回十年。1996年3月，杜拉斯病逝，唯一的遗嘱是：“雅恩，你写写我们的爱吧。”

当雅恩的书《我的情人杜拉斯》出版后，他竟从公众眼里消失，抽身而退，放弃了唾手可得的名利和无数追捧，从此隐姓埋名。有人说雅恩去了以色列，还有人看到他在希腊某教堂修行。突然消失的情人，再次印证了爱在年龄和地位之外。当27岁的雅恩爱上66岁的杜拉斯，当他呵护她15年不图名利，而她也不惜以自己的名誉作为赌注，爱已若一滴露珠般纯粹、圆满。

张爱玲的三朵玫瑰

王云飞

张爱玲，这位旷世才女，不单单是一个恃才傲物的遁世形象，也是一个在生活中辗转挣扎的血肉之躯。有些悲凉，但很真实。张爱玲在《红玫瑰与白玫瑰》中曾说过这样一段话：每个男人的心里都有两朵玫瑰，一朵红玫瑰，一朵白玫瑰。也许每一个男子都有过这样的两个女人，至少两个。娶了红玫瑰，久而久之，红的变成了墙上的一抹蚊子血，白的还是“床前明月光”；娶了白玫瑰，白的便是衣服上的一粒饭粘子，红的却是心口上的一颗朱砂痣。

蓝色妖姬

然而张爱玲生命中的第一朵玫瑰却是蓝色妖姬，在心中绚丽地绽放，可永远不会存在于真实的世界里。张爱玲生命的原乡、写作的原乡是上海，甚至可以说就是上海那栋凝视她在这儿出生、在这儿度过了她的童年，最后又把她的豆蔻年华埋葬在这里的老房子。在这里她拥有了人生的第一朵玫瑰——父亲。

张爱玲4岁的时候，由于父亲嫖妓、吸毒、颓废堕落，母亲远走欧洲。对于母亲的离开，张爱玲不是想念，而是怨恨，因为她觉得母亲其实是抛弃她了，此后的她只有更珍惜剩下的这个亲人——父亲了。张爱玲的父亲是一个游手好闲的纨绔子弟，闲来无事时，他就带着张爱玲去咖啡馆、夜总会甚至去妓院。可以说他的所有生活都是不避讳张爱玲的。渐渐张爱玲和父亲有了一种相依为命的感觉。父亲对张爱玲是很好的，给她念诗，教她读书。还给她幼稚的作文眉批、总批，并装订成册。这些细节在张爱玲年老的时候依旧清楚地记得。每当她翻看旧书，看到父亲的字迹时就有一种春日迟迟的感觉，很温暖。这种异性爱，使得张爱玲对父亲有一种深深的依恋。

然而她内心的这种恋父情结却因继母孙用蕃的到来而被打破。继母的到来不但没有缓和张爱玲的恋父情结，反而使她对父亲的依赖更深了。继母并非不是通情理的人，但张爱玲的恋父情结一直在作祟，张爱玲将继母视为“情敌”。后来因为一次同继母的争吵，父亲狠狠打了张爱玲。平时爱护她的父亲这次却打了她，这让张爱玲感到气愤而且绝望，她吵着要找警察。结果她被父亲关起来了，她悲愤地哀叹：“总之，生命是残酷的。看到我们缩小又缩小的怯怯的愿望，我总觉得有无限惨伤。”

张爱玲的恋父情结得不到回应，于是她就把这种情结寄托在她的文学作品《心经》中，张爱玲利用二十多岁的主人公小寒宣泄了自己的情感，她希望自己的父亲可以像其他青年男子一样的爱她，能够大胆地接受她的爱。但是当父亲不能接受她的爱的时候，小寒，或是张爱玲的做法，便只有毁灭了。

红玫瑰

1944年的初春，在南京的一座庭院中，一个躺在藤椅上翻读杂志的中年男人。当他看到张爱玲的小说《封锁》时，才刚读了个开头，就不由得坐直了身子。这个男人就是胡兰成。文人与文人之间的那种惺惺相惜，让他对张爱玲充满了好奇，不顾好友苏青的阻拦执意要和张爱玲见面。

真正见了面——是张爱玲来到胡兰成的住处，胡兰成说张爱玲与他所想的完全不一样。他既感叹张爱玲个子之高，又觉得她的坐相幼稚得可笑，像个未成熟的女学生。但两人一见倾心，从点评流行小说，到问起张爱玲写稿的收入。对初次见面的张爱玲问这样的问题，是很失礼的，但“因为相知，所以懂得”，仅仅这一个“懂得”，也许就是张爱玲爱上胡兰成的最大原因。临别时，胡兰成送张爱玲到弄堂口，两人并肩走着，他忽然说：“你的身材这样高，这怎么可以？”只这一句话，就忽地把两人的距离拉近了。张爱玲很诧异，但，内心感觉真的很好。

次日，胡兰成回访张爱玲。这一年，胡兰成38岁，张爱玲24岁，他们恋爱了。张爱玲是没有什么政治观念的，只把胡兰成当成一个懂她的男人，而不再是一个汪伪政府的汉奸；对于胡兰成的妻室，她也不在乎。这一段时间，是她创作生涯中的黄金时间。她的散文《爱》，在开头就说，这是一个真的故事。的确是真的故事，是胡兰成庶母的故事。可是，这样的时间，并不长。1944年年底，胡兰成到湖北接编《大楚报》，不久便与汉阳医院一个17岁的护士周训德如胶似漆。胡兰成似乎全然忘了张爱玲的存在，而张爱玲对此一无所知。直到胡兰成从武汉回到上海时，才将这件事告诉了张爱玲。日本投降了，胡兰成逃到了浙江。寒冷的1946年2月，张爱玲远赴温州，去看望她的夫君。胡兰成惊而不喜，甚至感到愤怒。君本多变，侬仍痴情，女人对感情向来比男人持久认真。爱玲住在一家小旅馆里，胡兰成白天去陪她，晚上去陪新搭上的情妇。这次相见，已有了生分。

此后的一段时间里，两人偶有联系。一次，胡兰成回到上海，在张爱玲处住了一宿。他不仅不为自己的滥情而羞愧，反倒指责起了张爱玲。几个月后，张爱玲的诀别信放到了胡兰成的手里：我已经不喜欢你了，你是早已经不喜欢我的了。这次的决心，是我经过一年半长的时间考虑的。随信还附上了自己的30万元稿费。自此以后，这二人一场传奇之恋，以如此辛酸的方式谢幕了。胡兰成曾试图挽回这段感情，但那是不可能的。

白玫瑰

1995年9月初，在洛杉矶的西木区，张爱玲在公寓中孑然离去，没有亲友的陪伴，也没有熟人，甚至连一个陌生人也没有。死后的她比生前要显赫得多，一时间，回忆录、传记、悼文，溢美之词充斥着文坛。可是人们津津乐道地谈论的只有她与胡兰成的那段爱情，却没有人提及她在美国的另一段与赖雅长达11年的姻缘。

1952年张爱玲以完成学业为由，申请去了香港。从此，她就像一只纸船在汪洋中漂泊。她在香港时写了一些小说，但吸引力很有限。于是她决定移民美国，寻求更大的发展空间。1955年一个深秋的傍晚，35岁的她终于随着轮船去了那个遥远的国度。

张爱玲到达美国后，开始为自己的生计发愁。虽然她的小说的英文版在美国已发行，但毕竟美国人和中国人思维方式不同，很难有收益。1956年2月，她向麦克道威尔文艺营写信请求帮助。很快张爱玲被允许进入这个文艺营，有了自己的创作工作室。在一次集体活动的时间里，张爱玲认识了赖雅。在赖雅眼里，张爱玲庄重大方，具有传统东方女子的美。开始时他们常在走道上、餐桌旁交谈，之后便开始到对方的工作室做客了。他们谈论中国的政治，谈论彼此的创作，好感日益增多，这一对不同国籍的老少作家终于走到了一起。这时赖雅65岁，张爱玲36岁。

同年7月5日，赖雅突然收到张爱玲的来信，得知张爱玲已经怀上了他的孩子。在慎重考虑后，当天下午他就向张爱玲写了一封求婚信。由于没有及时收到赖雅的求婚信，张爱玲急匆匆赶到了赖雅工作的地方。在两人共进晚餐时，赖雅向她求婚了，但他坚持要求将这个孩子打掉，张爱玲最终同意了赖雅的意见，不要这个孩子。赖雅与张爱玲的结合没有什么传奇色彩，双方各自经济、情感和生活上的需要，才是促成这次婚姻的直接原因。

在那11年里，张爱玲得到了赖雅所有的爱，度过了一段清静且平淡的家庭生活。但赖雅的年老多病也给她带来了心理上和精神上的负担。就在她和赖雅相爱后不久，赖雅中风了。此后，中风反复发作。1958年，赖雅又患上了背痛疾病，张爱玲便经常给他按摩，缓解背痛。1962年，张爱玲出于经济上的考虑，孤身一人来到香港寻找创作任务。为了能有钱给赖雅治病，她夜以继日地工作着。

1964年的一天，赖雅从华盛顿国会图书馆出来后，在街上摔了一跤，摔断了股骨。加之又多次中风发作，张爱玲只好赶回美国。对于一位沉醉于爱情小说的作家来说，真实的生活，充满了痛苦的折中和无奈的妥协。张爱玲与赖雅的婚姻，是确有感情，不过，正如她早已说过的那样“是一袭华美的袍，爬满了虱子”。身在异国的爱玲，既要照顾自己，又要照料瘫痪的赖雅。直到1967年10月8日，76岁的赖雅在张爱玲的照顾下，走完了人生最后的路。“我有时觉得，我是一座岛。”后来的岁月里她是真正的一座孤岛。

菲茨杰拉德的梦幻爵士曲

罗豫

本杰明·巴顿生而苍老，如同一位古稀老翁，被父母抛弃在老人院。11岁的时候他遇到了美丽的黛西，并爱上了她，但在6岁的黛西眼里，本杰明只是一位长腿叔叔。他俩的生命就好像两列相向而行的火车，终于在而立之年实现交错。但人生仍然在与本杰明开着玩笑，他继续返老还童，在身边人都开始衰老时，他却逆行而上。最终命运给予本杰明一丝宽容，让他和黛西在晚年相遇，此时的黛西已经是风烛残年的老妪，而他则变成了没有记忆、不会说话的婴儿，他用孩童的目光久久注视着这个世界，最后永眠在爱人怀中……

比起直呈于观众面前的电影影像，《返老还童》的原著小说《本杰明·巴顿奇事》带来的文字震撼力，恐怕不仅在于爱情故事的令人心碎，也不仅在于幻想和结构的独出心裁，更是熟稔的菲式反讽与调侃中，充满了世事沧桑人生如梦的轻轻慨叹。一部不起眼的短篇作品，被想象力不知是太丰富还是太贫乏的好莱坞电影人，演绎成一个赚人眼泪的爱情故事，幸还是不幸，都很难说。

但是这本中英文双语对照，由《本杰明·巴顿奇事》和《一颗像里茨饭店那么大的钻石》组成的精装小书，即便没有“81届奥斯卡强片的原著小说”的粗体字，单是“爵士时代文体巨匠的梦幻小品”这组词，就足以将我打动。美国历史上的“爵士时代”，横跨“一战”结束（1918年）到经济大萧条（1929年）。这是个迷茫混乱的年代，又是个浮华享乐的年代：私酒贩卖PK禁酒令，爵士乐VS默片电影，短发平胸的美女、福特汽车、三K党风行一时。菲茨杰拉德一言以蔽之：“这是美国历史上最会纵乐、最绚丽的时代，关于这个时代将大有可写。”

除了大名鼎鼎的《了不起的盖茨比》，菲茨杰拉德一生还创作了160部左右的短篇小说，《本杰明·巴顿奇事》和《一颗像里茨饭店那么大的钻石》虽都属于阐释人生如梦的“幻想类故事”，但从内容风格上看，却是一个“最不菲茨杰拉德”的故事和一个“最菲茨杰拉德”的故事的奇妙组合。

在《一颗像里茨饭店那么大的钻石》中，“富有”和“为富不仁”这两个菲茨杰拉德偏爱的主题被发挥到了极致。在《了不起的盖茨比》里，富人们还都只是“粗心大意的人——他们砸碎了东西，毁灭了人，然后就退缩到自己的金钱或者麻木不仁或者不管什么使他们留在一起的东西之中，让别人去收拾他们的烂摊子”，到了《一颗像里茨饭店那么大的钻石》里，那些在菲茨杰拉德其他小说中至少能活得体面的中产阶级，在世界上最富有的家庭眼中只是一次性的娱乐用品，使用完毕后都不必亲自动手，专门负责“清扫”的仆人会殷勤体贴地把他们处理掉。

如果说《了不起的盖茨比》是自我奋斗的美国梦破碎的“醒世恒言”，那么《一颗像里茨饭店那么大的钻石》中破碎的，是一个更具“普世性”的梦想——攀附权贵。当刚开始接触上流社会、习得一双“势利眼”的大学生约翰接到富有而神秘的同学珀西的邀请，去他家度暑假时，一次踏上“黄金国”的梦幻之旅开始了。

说到对富人生活的想象，大部分穷人给出的回答大概也不比民间笑话里那个坏脾气的老头好多少。据说这位大爷每天早晨都起床去村里的土路上拾牛粪，有一天起晚了，一块牛粪也没拾着，对老伴发脾气说：“等老子哪天当了皇帝，全村的牛粪都是我的，谁也甭跟我抢！”按说，穷人对富人生活的幼稚想象是受到社会鼓励的，它是阶级矛盾的缓冲剂。菲茨杰拉德在小说《阔少爷》中说它是那种“穷人所说的有关富人的和富人所说的有关他们自己的一切谎话——他们已经建立起这样一种荒谬的结构，使我们每捡起一本谈到富人的书，都会有一种直觉来预先告诉我们，看到的会是不真实的东西。即使是明智地和冷静地报道生活的人也已经把这个富人的国家写得像虚幻的仙境一般”。

《一颗像里茨饭店那么大的钻石》却反其道而行之。菲茨杰拉德通过塑造一个“虚幻的仙境一般”的富人国，恰恰叙述了一个明智而冷静的寓言故事。当约翰带领读者在珀西家享受最奢华待遇而忘乎所以时，一股隐隐的不安已经显露出来。世故些的读者会发现约翰已经深陷危境，不过我们可以耐着性子追随约翰抵达志得意满的高峰，然后像坐过山车一样体验情节的急转直下。故事最后，出现了惊人的一幕——盖茨比也只不过相信有钱可以让他重温爱情的旧梦，而珀西的老爸走投无路时竟然搬出稀世珍宝向上帝行贿！

从艺术上讲，《一颗像里茨饭店那么大的钻石》是一部比《本杰明·巴顿奇事》更值得拍成电影的小说，其中奢华的场景也正是好莱坞展示其财大气粗的好机会。只不过在这个人的心情指数和经济发展指数同步波动的年代，这样的故事显得不合时宜。虽说把所有文化都看成同一个坐标轴上前后相继的点显得草率或者别有用心，但生在当代中国而读菲茨杰拉德的小说，的确时常有一种可怕的亲近感。他笔下那些野心勃勃想要发迹的小伙子，那些把嫁一个有钱人视为一生最重要事情的姑娘，仿佛正化身黄皮肤黑眼睛，在中国城市的街巷里漫游着寻找机会。即便没有刚刚上映的电影《返老还童》，菲茨杰拉德的梦幻爵士曲，也来得正是时候。

面朝大海，春暖花开

格桑亚西

20年前，也是春天，诗人海子走向山海关，在火车道上，结束了自己属于诗歌的年轻生命。他留下“面朝大海，春暖花开”的分芳诗句，至今温暖着我们的心。他希望“喂马，劈柴，周游世界”，他想要“从明天开始，做一个幸福的人”。他真诚地努力过，最后他选择放弃。有人说，他的离去标志着那个纯真年代的终结。有人说，他死于孤独、抑郁、江郎才尽。20年了，那时北京，多少往事青春。整整20年了，当年的诗人老的老，疯的疯，下海上岸，富裕或者清贫，只有海子永远不老，只有诗歌永远年轻。

整整20年过去，安徽怀宁查湾村乡下的弟弟们偶尔翻开哥哥的诗集，依然困惑于“从明天起，关心粮食和蔬菜”的诗句，他们想不通“我有一所房子，面朝大海，春暖花开”的实际意义。他们迷惑：大米蔬菜，那时并不金贵，至于房子，时间一到，公家分配，在不在海边，春天秋天，又有什么关系。

大学毕业，留居北京，工作体面，够让人羡慕了，总之，一切的一切似乎和死亡都扯不上关系。

但是海子还是走了。1989年3月的一天，他悄无声息地去了山海关，口袋里只有单程车票，没有酒钱。他找了一处无人的铁道，躺好，松口气，微笑着等待火车，就像等待一首好的诗歌。他仰望阴霾的天空，眼角有温情的泪水。

那是北方的早春，萧索、寒冷，小酒馆门口挂着厚厚的棉帘，眼镜片结满朦胧的雾气，丁香和玉兰全都光秃秃的。

那是纯真年代激情消退的日子，理想主义坚守的阵地伤亡惨重，物质主义的进攻势如破竹，炮火连天，空气颤抖，天空燃烧，援兵杳无音信，而诗歌已经弹尽粮绝。

海子对1989年的小酒馆老板说："我给大家朗诵我的诗，你们能不能给我酒喝？"老板的回答生硬却带有诗意："我可以给你酒喝，但你别在这儿朗诵。"酒客哄笑，诗人悻悻走开，再也没有回来。海子在那个迷惘的年份选择山海关，选择卧轨，选择死亡，悲壮惨烈的一幕和《太阳》中的意境几乎一样："正是黄昏时分，无头英雄手指落日，手指日落和天空，眼含尘土和热血，扶着马头倒下。"

性格纯真的海子，有一些被动，一些腼腆，还有安徽乡下人特有的忠厚。他没有选择主动凌厉的方式，譬如刀片、枪口、毒药、绳索，他只是低调地侧身一躺，仿佛铁轨就是筒子楼里简陋的单人床。

海子是1983年夏天毕业分配到大学哲学教研室的，他拥有一张旧办公桌，显眼的地方写有白色文字和编码，藤椅破旧，腿用铁丝捆扎，用过不止一代人。

矮身量红脸膛的海子老师在三尺讲台上讲授哲学，辩证、唯物、存在、意识，他的心却在藏北的旷野飞翔。课堂上男生睡觉，女生偷偷抹口红，陈旧或者簇新的大楼外面，沙尘漫天，呼啸着北方悲伤的风。

我的意识里，不断回放这样的对话："难道你们不需要一个诗人？"海子困惑地问。"我们只需要哲学老师。"一个声音坚定地回答。我确信在20世纪80年代的中后期，这样的问答不止一次。我喜欢他的短诗《日记》，那些深情又伤感的句子：

姐姐，今夜我在德令哈，

夜色笼罩姐姐，今夜我只有戈壁

…………

今夜我只有美丽的戈壁空空

姐姐，今夜我不关心人类，我只想你

德令哈我去过，那里有诗人们苦苦寻觅的洪荒，亘古不变的洪荒。

一直猜想，诗中的姐姐是海子生活中的实际存在还是仅仅是个空泛的意象。我宁愿相信，20世纪80年代的北方，在城市或者乡村某个隐秘的地方，有这样一位亲切的姐姐，她年龄不一定大，海子只是愿意叫她姐姐。她有属于北方的高大或南国的娇小，头发又多又亮。她温婉并且心疼地看着精神亢奋、神情憔悴的诗人，她或许已经结婚，她不明白漂泊的意义，不懂那些燃烧的诗句，但是她会抚弄他麦草般杂乱的长发、他零乱的胡须，把他揽在怀里，轻轻摇晃，让他暂时安静下来。

我现在读海子的生平介绍，读到1979年夏末，15岁的安徽农村少年查海生穿着簇新胶鞋，携带村里木匠制作的木箱，到了北京大学，我就会心地笑，心中充满了对于那个年代温情的怀念。

只比海子晚一年，1980年初秋的夜晚，16岁的我斜挎父亲的旧帆布书包，也穿胶鞋，惶惑地走出北京火车站，进了同在海淀区的另一所大学。

那时的北京，汽车不多，街道显得空旷、宽敞，松树林很密，没有那么多逼仄的高楼大厦，那么多令人眼花缭乱的立体交叉。宫墙和城楼还没有落魄，夕阳西下，琉璃瓦一片暖暖的黄，橘黄色的路灯照亮每个深夜，在城市中心地带可以远远望见玉泉山的塔，望见逶迤的天际线。

那是文学和诗歌如鱼得水的时代，是青春万岁的金色北京，是20世纪80年代新一辈朝气蓬勃的日子，白色校徽是耀眼的身份证，学校广播站的大喇叭天天提醒：再过20年，我们来相会。

出版社疯狂出版18、19世纪欧洲诗人的作品，雪莱、拜伦、歌德、济慈，书市上人流如织。人们羞谈物欲，崇尚精神。校园里诗社云集，丁香和玉兰树下徘徊着真真假假的大小诗人，我们把自己打扮成普希金和《西风颂》中的样子，每个人都作激情澎湃或喃喃自语状，每个人都出口成章，每个人都相信自己将要不朽。我们很穷，但我们尽量省下饭钱，买诗和酒，那时候的大学，你要不写诗，简直就交不到女朋友。

诗刊叫《星光》，熬夜、争论、誊写、刻印，我们到食堂和图书馆门口去散发。那时候还不知道海子的名字。

记得同宿舍有个来自青海的藏族同学，平日内向、木讷，常常不声不响地躲在上铺，这时却一反常态，在《星光》上发表热烈大胆的爱情诗，让人大跌眼镜。后来，有人爆料，当时的他正在经历一场刻骨铭心的暗恋。很多年以后，有人告诉我，已经官至知县的青海同学，不幸死于青海湖畔一次意外的车祸。而那个他曾经眷恋的心上人，对当年的一切至今也毫不知情。

当年校园的青春爱情就是这样，深情、胆怯、激动又绝望，水深火热，却只能藏在许多少年维特的心里，藏在书包和笔记本中，在月色和满树的丁香花下，酿成诗，化作酒，饮了，要醉一生一世。

时过境迁，许多年少轻狂、许多风流都被雨打风吹去，我们不再写诗，不再以梦为马，成了凡夫俗子，成了千人一面的芸芸众生，成了物质忠实的情人。而海子在万人都要将火熄灭的时候，义无反顾地独将此火高高举起，成为那个时代的象征，成了纯真年代的形象代言人。当那个时代接近尾声，敏感的海子选择以决绝的方式离去，忠厚的他不想给朋友们带来麻烦，他口袋里的纸条上明明白白写着：我的死，与任何人无关。

我想到民国时借钱投昆明湖的王国维，有人说，他是在殉文化。我想起医生给音乐家舒曼写下的诊断：R.舒曼，上天的名誉成员。

而1989年春天的海子，只能是诗歌圣殿里殉道的义士。

生如春花之灿烂，死如秋叶之静美。不能结束梦想，不如结束生命，这就是海子的固执，海子的绝对，海子的非此即彼，总之，没有妥协，不留余地。

有时候觉得，天才的海子真的是聪明灵秀，他参悟出了“我必将失败，但诗歌本身以太阳必将胜利”的真谛。他不带一片云彩地走了，避开许多可能的麻烦和世俗的风险，不必作协，不必文联，不会在云谲波诡的政治和暗流汹涌的经济中进退失措。他用整个生命作为诗歌祭坛的牺牲，彗星短促，朝阳灿烂，他把自己变成一朵永远的云——《巴黎的忧郁》中波德莱尔描绘的云，在他深深眷恋的故乡天空久久萦绕，在姐姐梦中英雄末路地轻轻叹息，化为爱他的人眼角的泪和古老祖国黄昏的雨，他以梦为马，像古代的游侠，夕阳中一骑如飞，孤独又壮烈，用特殊的忠诚兑现了开花落英于神圣祖国的许诺。他也给我们留下这样的预言：千年后我再生于祖国的河岸，千年后我再次拥有中国的稻田和周天子的雪山，天马踢踏，我选择永恒的事业。

千年过去，如若我们真有机会重返人间，在德令哈，在额济纳，在周天子的雪山下，一定会再次见到诗人海子。他长发飘飘，目光炯炯，在祖国的土地上，流泪、歌吟，千年如一，笑靥如花。

如今我细细端详海子的照片，络腮胡须，灿烂笑容，镜片后面忧郁的眼神，就在心中叹息：这是个和自己、和诗歌、和时代、和幸福、和生命较真的人啊！这样的人已成遥远的绝响，唯有他温情的理想主义，从明天开始做一个幸福的人的美好期许，愿你有一个灿烂的前程，愿你有情人终成眷属，愿你在尘世获得幸福的亲切祝福，还在顽强地提醒我们：有一种可能，叫幸福；有一种品质，叫单纯；有一种文字，叫诗。

我不敢妄断海子25岁的生命幸福与否，因为就连幸福的标准有时也难以统一。但我相信，写出那么多芬芳诗篇的他一定无数次在缪斯女神的奥林匹斯山上登临幸福的巅峰，神交过众多希腊罗马中国外国的先哲至圣。他飘然欲仙，一览众山，却又高处不胜寒。那份诗意的孤寂正如诗人朗费罗的诗句：在登山的途中，我回头观望，望见了往昔，声音和景象，飘烟的屋顶，柔和的晚钟，闪烁的灯光，头顶上，预示死亡的雷声在隐隐震响。

从高峰体验的喜悦中回到陋室，环顾四周，长夜孤寂，一灯如豆，藏香焚烧到尽头，心爱的人儿已经远走。火车由远而近，铁轨颤抖，空气凝固，世界在那一刻捂住眼睛，隐隐有亲人安徽口音的哭喊，母亲慈祥，姐姐温柔。没有明天，做不成幸福的人了，最后一句温情的诗被钢铁拦腰截断，山海关，临海的山海关，来不及春暖花开的山海关，只有殷红的血，枯黄的草，凄厉的风。

那一天是1989年3月26日，海子25岁生日。

诗人骆一禾

马莉

记得是在2003年秋天，我们《南方周末》全体采编人员去珠海开一年一度的研讨会，会上大家不仅可以检讨自己的版面，也可以对别人的版面发表批评意见。此会非常重要，有的版面、专栏因此被砍掉，有的版面责编因此换人。那次研讨会我不仅记忆犹新，更刻骨铭心。因为在那次分组会议上，很多人对文学版指手画脚、说三道四，这也不好，那也不行。缺少独立见解、喜欢在声浪中附和或者一哄而上的恶习，让我看到我们自身的缺陷。其结果是，有人甚至想砍掉文学版。我一个人与十几个人舌战，仿佛是在打一场文学保卫战，与他们决一雌雄。终于保住了文学版，我胜利了，但是我很悲伤，我的心在流泪……会议的最后一天，我的同事张小文在会上代读了新闻部记者翟明垒给主编的一封辞职信，信的结尾引的两句诗深深打动了我：我们一定要安详地对心爱的谈起爱／我们一定要从容地向光荣者说到光荣，这是骆一禾题为“先锋”的诗结尾的四句。在那一瞬间，我受伤的心立刻被抚平了。在这样的人格境界面前，似乎一切都不足以为荣，一切也都不足以为哀。一首诗能在你发生危机的时刻拯救心灵免于堕入黑暗，多么神奇！我不再难过，也不再为世俗的版面之争而视所有人为虎狼。当张小文读完了最后这四句诗，会场很静，仿佛众神来到近前，注视着我，佑护着我。我永远不会忘记2003年的秋天。

很多年以后，我都会想起逝去多年的这位诗人，想起他这四句诗，为他对我的拯救而感恩。我曾经有意识地收集过骆一禾的诗歌及生平资料，是在1989年夏天，朱子庆自京返穗告诉我骆一禾去世的消息之后。但几乎所有与骆一禾有关的内容都与海子有关，这是因为骆一禾在海子死后短短一个多月时间里，做了很多与海子有关的事情。多年来，我一直为海子有这样的朋友而不胜艳羡，也为中国有这样一个重情重义的诗人而深感骄傲。

在我们身边永远有两种人，一种这样的人，一种那样的人。永远都是这样。现在，我重温一下骆一禾在海子死后不到两个月的时间里，为海子所做的事情：1989年3月26日海子去世后，骆一禾第一时间来到山海关到龙家营之间的约3000米的黄灯慢行道上——海子卧轨的现场，亲自料理了他的后事。

1989年4月的第一天，骆一禾与诗人西川联合组织了在京诗人为海子募捐的大型活动，总共募得2030元捐款，全部交给了海子老家的贫苦父母。

1989年4月7日，骆一禾和诗人西川在北京大学组织了一场上千人参加的“海子诗歌朗诵纪念会”。海子在那一天复活——从朗诵者的嘴里，走向我们的心中。

1989年4月14日，骆一禾在海子所在的中国政法大学做了关于海子诗歌的推介讲演，标题为：我考虑真正的史诗——早逝的天才海子诗歌总观。这期间，骆一禾倾尽全力推介海子的诗歌，因而当时《诗歌报》《诗刊》《人民文学》《开拓文学》《北京青年报》都陆续刊登了“纪念海子”诗歌专页。

这期间，骆一禾倾尽全力投入海子诗歌的整理和汇编工作，不到一个月的时间就编好了海子的两本诗集——海子抒情诗及海子最完整的一部长诗《土地》，并可以马上出版。

这期间，骆一禾马不停蹄地为海子的遗稿奔走呼号……

海子是骆一禾生死相托的唯一亲人。但是，骆一禾太累了！

1989年5月13日，骆一禾写了一篇纪念海子的文章，标题为“海子生涯”。这篇文章成为他的绝笔，因为这天深夜，即5月14日凌晨，骆一禾因突发脑出血而晕倒在广场……他被送往医院做了开颅手术。他昏睡了18天，于1989年5月31日下午1点31分，在北京天坛医院逝世。他在海子离去后的第67天，离开了这个世界。他去寻找他的好朋友海子了，他要告诉海子，该做的我都做了，放心吧，我可以和你一起在天堂写诗了……

每每想到这里，我的眼睛都会湿润。我相信骆一禾是为海子的后事身心交瘁累倒的。我相信，没有骆一禾就没有海子，或者说就没有一个完整而光芒四射的海子。今天的人们能够读到海子的诗歌并能够追寻远去的诗神，功劳应当属于骆一禾。

后来我读到骆一禾在去世前写的一封信，是1989年4月15日写给诗人万夏的，信中说："有一些对海子不负责任的说法，我们还要加以持久的批判。例如说他的诗不行，他抵不住后现代主义艺术，他是怯懦的等等。"

骆一禾不但为朋友做好死后的事情，连那些可能出现的对朋友的伤害都顾及了。这是怎样的朋友啊！在今天这个世界上，哪里还有这样的朋友啊！一生中有这样一位朋友，还有什么可遗憾的呢？当我们纪念20年前卧轨自杀的诗人海子的时候，我们最不应该忘记的是诗人骆一禾。从某种意义上讲，骆一禾比海子更应当被记住。

我们一定要安详地对心爱的谈起爱，我们一定要从容地向光荣者说到光荣，是的，我们也同样不要忘记这样一位诗人，他和海子一样优秀。

骆一禾，1961年2月6日生于北京。小时候随被下放的父母去到河南农村，在那儿接受了启蒙教育。1979年9月考入北京大学中国语言文学系读中国文学专业。1984年毕业，到《十月》编辑部工作。1983年开始发表诗作和诗论，还发表过小说、散文。1989年5月31日，死于脑血管突发性大面积出血，年仅28岁。在他死后第二年，他的长诗《世界的血》出版。

20年前，骆一禾为海子的死付出了生命。20年后，我为骆一禾画一幅肖像，只是，我在他的画像面前，除了尊敬，只有沉重，只有沉默……

风流宛在梁羽生

韩晗

“独立苍茫每怅然，恩仇一例付云烟，断鸿零雁剩残篇。莫道萍踪随逝水，永存侠影在心田，此中心事倩谁传。”

只要对武侠小说稍微有一点关注的人，读到这段话，都会莫名地激动起来。这是当代武侠经典《萍踪侠影录》的开篇词。这本书，当是武侠读者心中一个永远的符号，对于诸多有着武侠情结的人来说，作者梁羽生侠骨柔情的品格与洒脱率性的风范亦成师表，不可磨灭。可惜的是，这个名字已然成为历史，曾经的侠骨柔情，也翩然驾鹤西行。这不禁让人想到一副名动武林的挽联：

侠客尽仗义，仗义长存风光逝；

儒家多风流，风流宛在梁羽生。

一

台湾作家司马中原评价梁羽生“侠中见儒”，但只有熟知梁羽生的人才知道，梁羽生就是一个书生，“侠”乃表象，“儒”方本质。

侠客尽仗义，儒家多风流。风流不是下流，亦不是放荡不羁，而是传统知识分子率性自然、坦荡仁厚的处世态度，而这又与侠客的仗义有着相通之处。梁羽生本是书生，早年就读于岭南大学（今中山大学），学习国际经济，后师从著名清史学家简又文，是正宗的历史学科班出身。梁羽生自幼秉承家学，从不读武侠香艳之类的小说作品，直至认识罗孚之后，梁羽生的人生轨迹才有了质的转变。

1949年，原名陈文统的梁羽生考入香港《大公报》，时任副总编辑罗孚一眼相中了这个学历史出身、文笔俊逸的青年。仅仅三年多的时间里，梁羽生就从一般记者进入《大公报》核心领导层，任社评委员会委员。这样的越级提拔，是与罗孚的慧眼识珠分不开的。

真正改变梁羽生前途的一件事情是在1954年，两位武林高手相约澳门比武打擂，一时间成为本港最热话题。刚刚升职的梁羽生被派到擂台赛现场负责做新闻专题。没想到，报纸一出，竟被民众抢购一空。有着商业眼光的罗孚猛然明白如何才能将刚迁港不久、步履维艰的《大公报》及其子报《新晚报》领出困境——只有靠报章上精彩的内容，才能招徕读者、拓宽销路。“武侠小说”遂成为罗孚脑子里重复出现的一个字眼。

梁羽生被提拔重用之后，对罗孚久有报恩之心，却不知该如何去报。面对罗孚的邀请，梁羽生有些犯难：一方面，书香门第、师出名门的梁羽生最大的志向是做一个学者型编辑，而写武侠小说对于他来说是非常不齿的，而且梁羽生本人既没看过武侠小说，也从未写过小说，巧妇难为无米之炊的事儿如何能做？另一方面，罗孚是他事业上的导师，在报社需要他的时候，若是撒手不管，这又岂是知识分子所为？于是梁羽生只好半推半就——写可以，前提是用一个笔名，不能用“陈文统”这个原名。

没想到的是，半个世纪过去了，“陈文统”早已被人忘记，而“梁羽生”却名噪文坛，蜚声宇内。

“你就不怕《新晚报》被降低报格？”真到写的时候，梁羽生还心存顾虑。说“降低报格”，无非是找个理由，实际上乃是怕降低自己的“文格”。没想到罗孚却一语将梁羽生推向了武侠小说家的宝座：“我对你有信心，相信你写的武侠小说不会降低我们的报格！”

做事一向谨慎的罗孚仍担心梁羽生反悔，于是在第二天的报纸上就印出了梁羽生的武侠小说预告，引发读者极大兴趣。年轻的梁羽生对罗孚心存感激，对培养自己的《大公报》亦有着深厚感情，于是调动自己的文学素养与历史底子，终于写成了自己的第一部长篇武侠小说《龙虎斗京华》。

小说刊载后，一时间《新晚报》洛阳纸贵。香港、台湾、澳门等地的报章纷纷向其约稿，梁羽生不为所动，仍然坚持为《新晚报》和《大公报》撰写专栏，两报销量迅速攀升，顺利走出困境，成就了香港报业史上的“梁羽生奇迹”。

值得一提的是，20世纪80年代初，梁羽生回到内地。当时罗孚因为政治原因还没有完全恢复自由，梁羽生果断地向中央要求探望自己的恩师。罗孚感激到泪流满面。冷落多年的门庭，迎来的竟是阔别多年的梁羽生，而在那个不“揭发”“坦白”就已算是完人的年代里，能像梁羽生仗义执言提出这样要求的，又有谁人?

有人说，罗孚是梁羽生的“伯乐”，但我认为，罗孚当时找到梁羽生，也是不得已而为之——若是身边有小说家或是懂得武侠小说的人，又岂会让一个生手开专栏?梁羽生若是当时推脱掉或是随便糊弄一篇了事，又岂能有日后的武侠小说大师?正所谓知恩若图报，不必远烧香。正是梁羽生对罗孚的报恩之心，促使他认真为报社工作，这样方有脍炙人口的武侠小说——细细想来，若是没有这儒家的“风流”与侠客的“仗义”，又哪里会有梁羽生后来的著作等身?

二

梁羽生的风流，倒不是柳永的洒脱、杜牧的俊朗，亦不是纳兰性德的多情，而是率性自然、不拘小节。

据梁夫人回忆，她最不喜欢与梁羽生旅游，因为他不是弄丢车票就是遗失护照，常常是高兴而来，扫兴而归。而梁羽生的朋友们也都表示，倘若梁羽生邀请你吃饭，千万别当真。这倒不是因为梁羽生不真诚，而是因为他平时的爱好只有写东西、下象棋，当他一门心思扑到写作与查阅资料上时，就算你站在他面前提及吃饭的事情，他也会一脸茫然，好像是你自作多情。自称“名士味甚浓”的梁羽生，面对这些不拘小节的细节，自己反倒马马虎虎，一副无所谓的样子。

还有一件事情，倒真把梁羽生的“名士风格”彻底暴露。

1966年，香港一家杂志登出了一篇文章，叫《金庸梁羽生合论》，作者署名“佟硕之”。这篇文章很快就名动文学评论界，大家纷纷猜测作者究竟是何方神圣。因为文章除了很细致地对武侠小说的发展甚至一些人际关系的内情都作了描述之外，还表示出自己对梁羽生的喜爱，对金庸的批评。“有一定中国文化水平的读者，读梁羽生的小说，可能觉得格调较高，更为欣赏。一般读者，若是抱着追求刺激的心理，读金庸的小说，可能得到更大的满足。”并且不惜列举史料，考镜源流，指出金庸《射雕英雄传》中“宋朝人唱元朝曲”的历史硬伤。

当时评论界很快把目光聚焦到罗孚身上，毕竟罗孚是武侠小说界的元老之一，而且罗孚精通历史，才能做出这样的考据。罗孚面对这样的质疑，只是一笑置之。直到22年后的1988年，罗孚才在《读书》杂志上说明，这篇文章并非自己所为，作者恰恰是“合论”之一的梁羽生。

梁羽生并非与金庸有矛盾，而是因为当时杂志社的主编向他约稿，请他推荐一位评论家，结果梁羽生对送来的几篇稿子都不满意，索性自己披挂上阵，一动笔就忘记了自己是谁，文人的自负心理、历史学家的严谨态度都跃然纸上，署名时遂随便编了个“佟硕之”了事。

真名士，真风流，还不只是体现在这些问题上。

1978年，邓小平同志视察广州，梁羽生率香港作家代表团赴穗拜访。作为代表团秘书长的梁羽生，竟然穿着一件破西装与一双裂了口的皮鞋就登上了巴士。同行的朋友连忙叫停汽车，要求梁羽生换一套衣服再下来——“您就穿这身衣服去见邓公吗？”梁羽生仿佛恍然大悟一样，赶紧上楼把自己多年未穿的新西装换上。

这个故事传诵很久，在文坛广为流传，屈指一算，已经卅载有余。照此说来，梁羽生仿佛颇有第欧根尼的哲学家态度。事情是否为真，尚不可考，但可以充分说明一点，那就是梁羽生是一个活得自在的人，他的这份自在，来自他坦诚的风流态度与真诚的文化品格。

三

在现在的年轻人看来，梁羽生是一位客居海外的武侠小说家。即便这些80后、90后的孩子早已没有了武侠梦，至少出国梦还是有的。梁羽生这个名字，在他们的脑海里已经成为一个较为遥远的异邦符号。

于梁羽生而言，风流事小，爱国事大。这才是他一生中最大的追求。

“祖国是我的母亲，当然我是爱她的……少年时代，为了理想新中国的出现，我们愿意为她死，现在，她已经出现了，我希望她一天好过一天……”这是十一届三中全会后，梁羽生写给内地朋友的信，梁羽生的爱国，不只体现在纸上，更是身体力行，亲力为之。

1984年年底，中国作家协会第四届代表大会在北京召开，年逾花甲的梁羽生作为特邀嘉宾欣然前往，与巴金、曹禺等文学泰斗齐聚一堂，武侠小说大师和纯文学大师头一次坐到了一起。梁羽生成为内地作家们关注的焦点，并且在大会上顺利加入了中国作家协会，成为当时为数不多的专业作家之一。

“浪荡江湖三十载，归来游子认门庭。”这是梁羽生加入作协并参加作协代表大会之后的抒情诗句。官方、内地对武侠小说的认同，让梁羽生非常欣慰。曾经不入流，甚至一开始还被鄙夷的武侠小说，而今成为一门重要的文学类别。更令梁羽生没想到的是，很多内地知名学者、作家都是他的读者，大家纷纷邀请梁羽生到自己家中做客，并对他的作品大加赞赏。

会后，梁羽生不禁欣慰地笑叹：“武侠小说终于进入了集中全国著名作家的会堂，（这会堂）足够分量称为‘大雅之堂’了。”

梁羽生的风格，是一种独有的知识分子品格。无疑，他给当下这个时代提供了一个够分量的范本——作为当代武侠小说大师的梁羽生，有足够的资本像某些港台作家那样自负，去藐视一切被称为规则、体制的东西，但是他没有。无怪乎他去世以后，香港作家董桥赞叹：“生公（对梁羽生的尊称）学贯中西，名扬四海，却终生谦虚勤勉，殊为难得。”

四

梁羽生先生仙逝已矣，却将武侠情结留驻在武侠迷们的心中。每一个20世纪70年代生人，都有一个武侠梦，此言非虚。一个真正的侠客，却是书生本色。梁羽生的朋友们回忆，他一生中有三大爱好：一个是吃美食，一个是一边下棋一边品茶，最后一个就是写作，除此之外，没有其他嗜好。梁羽生体形富态，不爱运动，挤公交车都会面色苍白，而且是名副其实的手无缚鸡之力，平日里杀鸡都是梁夫人来完成。这样一个老头儿，如何能写出惊天动地、扣人心弦的武侠小说并被人以“梁大侠”冠之?

武侠门里有一句话：手中有剑，不如心中有剑，心中有剑，不如心中手中都无剑。侠客的情怀，不是靠飞檐走壁来决定的。俗话说，做事先做人，在梁羽生这里，倒成了“做侠先做儒”——“儒”成为侠客的核心。有武侠梦的人在解读了梁羽生之后，或许对武侠会有另一层理解。侠客尽仗义，就是敢于在朋友有难时两肋插刀、独挑大梁。从当年为报社“脱困”而动笔写武侠小说，到千里迢迢顶着非议前去探望落难恩师，这是真侠客精神。

平时不拘小节，洒脱率真，却能终其一生，以精琢细雕之功夫，创作出数千万字的文学作品，影响海内外。客居澳大利亚，不炒作，不张扬，这也是真侠客精神。

改革开放之初，能率团访问内地，又以香港作家代表的身份参加全国作协代表大会，主动要求加入中国作家协会，并多次为家乡广西的建设出谋划策，义捐稿费，又不计回报，能有如此境界的作家，不是侠客，又是什么？

真正的侠客，是活在我们心中的，就算他隐遁了，他的风流，仍宛在人世，不曾逝去。

喜欢现在这个年纪——专访王海鸰

一盈

王海鸰喜欢小沈阳，喜欢被他逗得开心大笑的单纯快乐；她不喜欢卡夫卡与马尔克斯，讨厌他们的阴郁扭曲与晦涩。“如果被批‘没品’，那就‘没品’算了，这个年纪了，大可不必为评价而活。”

在虚拟的网络世界，网友们给王海鸰写信，她见信必回。提醒她“金牌编剧”的身份，她很不高兴：“没有身份，只是一个能保证基本质量的编剧，写出一定水准小说的作者而已。”

王海鸰五十几岁了，依然每天上午写字，下午读书看报；依然每天晚上游泳，偶尔去公园散步，去图书大厦淘书。然而年轻时她却想，如果上了30岁，就不活了。

…………

采访王海鸰是在一个雨天。北京盛夏的暴雨，迅疾并且猛烈。坐在咖啡馆里，看到街上行人纷纷加快步子四处躲避，一位单薄女子蓦然闯入视野，隔着玻璃窗冲我用力挥手，笑容可亲。

我迎了出去。正如大海上盘旋的海鸟，王海鸰瘦，行动敏捷有力。她没有穿军装，却是一袭印花长裙，走路很快，飒爽，裙裾猎猎。

热情寒暄后，捧着一杯苏打水坐下，姿态英挺。她以为自己的表慢了，连连道歉，终于明白不是自己迟到而是记者提前，立刻释然大笑。她显然是明朗开阔的，不拘小节。然而，亦有距离。思考时神情严峻，眼神锐利，看得到她内心的岛屿，浪涛拍崖，决绝独立。在很多场合中，王海鸰被记者追问，《大校的女儿》是否是一部自传，因为王海鸰也出身军官家庭，甚至“韩琳”亦是“海鸰”的谐音。她的回答很狡黠：“以前的作品是‘写’出来的，这部作品是从内心‘流’出来的。”在王海鸰的相册里，珍藏着许多20世纪70年代的黑白老照片。照片里，青春期刚刚发育的海岛女兵一脸憨稚，“快乐得像个傻子”。那时她已经开始尝试创作。从偷偷写完，羞涩地念给闺蜜听，到鼓足勇气投稿，被退稿，再投，再被退……

终于稿件被部队最高级别期刊《解放军文艺》采用。那时她刚20岁出头，站在海岛医院前面的海滩上，发辫被海风吹散。依然胖，依然没心没肺地大笑，不顾流年。

渐渐地，闺蜜们多为人妻、为人母。她三十多了，不可避免地成为“剩女”。越来越瘦削，少女的憨态蜕变成文艺女青年式的沉思与怀疑。

正如钱锺书那刻薄的调侃："那时苏小姐把爱情看得太名贵了，不肯随便施与。现在呢？宛如做了好衣服，舍不得穿，锁在箱里，过一两年忽然发现这衣服的样子花色都不时髦了，有些自怅自悔。"

不晓得她是否也有些"怅悔"，总之《大校的女儿》里，韩琳开始疯狂地相亲。现实生活中，她亦同样，最高纪录是一周见了五个人。终于还是嫁掉了。保守的女兵采取了最先锋的形式——"闪婚"。这个"闪"，包括闪电结婚，也包括闪电离婚。媒体公布的数字是"45天"，她笑笑："没有具体统计过，但的确非常非常短暂。""闪婚"砸碎了她对婚姻的向往，却抛下婚姻的结果——孩子。为了抚养儿子，她收起刚有创作成果的笔，从浪漫的文艺女青年变成执拗的单身母亲。"最渴望的是钱——要养活自己、儿子、保姆，每笔支出都得记账，稍有大意便坚持不到下月发工资。"

这还不算困难，更令她痛心的是如何面对孩子渐渐成长的心灵。"必须撒谎，经常买点东西安慰他说是爸爸寄来的，告诉他爸爸很爱他……"

"儿子刚学说话那会儿，突然有一天，一个字一个字往外蹦：'爸——爸——来。'我说：'好，好，等我给爸爸写信。'结果他指着电话：'来，来。'当时我特别想哭，紧紧搂住他，不敢面对他的眼睛。"

如同一个河蚌把自己紧紧裹在壳里，外表坚硬，内心脆弱疼痛。“那的确是我生命中最艰难的一段。”五十多岁的她，平静地说。

转机始于《爱你没商量》。20世纪90年代初，王朔找到王海鸰谈合作，“他并不知道我的窘迫，即使知道怕也不为这个。世上穷人多了，王朔不是慈善家。”

搁浅数年，再度提笔，王海鸰全力以赴。“做‘剩女’时经常文思枯竭，结婚生子后突然对生命有了全新认识，仿佛睁开另一双眼睛看世界。”

更何况，与王朔的合作令她注意口语化的魅力，这对需要大量对白支撑的长篇电视连续剧极为重要，“后来再写电视剧便有得心应手的感觉，再没有为生计发愁过”。

杨绛说：“经验是火，虚构是光。”倏忽而过的“闪婚”令她一直在反思，渐渐明白婚姻需要一种智慧、一种情怀，更需要一种天赋。她把这些反思付诸文字，于是中国电视剧市场渐渐推出《牵手》《不嫁则已》《中国式离婚》《新结婚时代》，以及刚刚在央视黄金档热播完毕的《大校的女儿》。

掐指算算，近20年光阴，弹指之间。

作为中国金牌编剧之一，王海鸰的名字俨然成为收视率的保证。而曾经哭着要爸爸的男孩也从无知到有知，从脆弱到坚强。

她记得《金锁记》里曹七巧的扭曲。尽管儿子是生命中最重要的“男一号”，但“成熟的母爱是放手，爱更是一种能力，便是让你爱的人爱你”。

她送儿子去美国留学。当高高大大的他背着双肩包消失在人群深处时，王海鸰深深明白，儿子从此永远离开了自己。打开手机，看到儿子的照片，突然想起儿子的手机里却是女朋友的照片。慨然一笑，或许这便是人生的真谛。

“王海鸰是一个古典的理想主义者，这种理想主义者总希望自己的影子投在大地上，也可叫超级现实主义者。”王朔这样评价她。她笑纳，认为这是一个貌似批评的赞美。那天，她突发奇想，把自己从十几岁到五十几岁的照片贴到博客里，看着一个女孩渐渐蜕变成女人，看着皱纹悄悄爬上脸庞，看着眼神从迷茫变得从容……“年岁大了，真好。”她被岁月感动。

我劝很多人不要写剧本

《读者·原创版》：最近看电视剧吗？喜欢哪一部？

王海鸰：《士兵突击》《金婚》《奋斗》的碟我都有，喜欢《士兵突击》，主要演员选得好。但它也有问题，有几集没意思，尤其铺路那一段。

《读者·原创版》：海岩说，在电视剧领域，编剧的地位连技术人员都不如，真是这样吗？

王海鸰：刚开始是这样。首先人们认识不足，以为能说话就会写字——两码事。编剧是平地扣饼、无中生有，这是最难的。甚至刚开始有一帮人在攒剧本，开什么玩笑啊！再就是程序问题。编剧是第一步，刚开始你是个爷，大家好好供着你。但人们很容易过河拆桥、卸磨杀驴。等你把剧本交到别人手里，人家爱怎么着怎么着。

《读者·原创版》：现在呢？

王海鸰：中国电视人逐渐成熟了，比如给稿酬这方面，已经意识到编剧的重要。但编剧本人要争气。有的编剧不好，比如对作品不负责任，拿了钱就走人，或交了剧本后一概不管。这类人啊，我觉得属于想不开。一个东西成了，需要每一个环节竭尽全力。签合同时我常说，开了机你随时找我，我随时改，不要钱。

《读者·原创版》：哪一次改动比较大？

王海鸰：《新结婚时代》。刚开始我也觉得剧本有问题，后来刘若英提意见，说感觉人物没有成长，总是在一个平面上吵，温馨的东西特别少，前后给我发了几十封信。不只她，所有的演员都给我打电话，他们提的意见都对，我都进行了修改。

《读者·原创版》：《中国式离婚》呢？

王海鸰：当时陈道明提出，希望能满足他一个愿望，他说自己在《一地鸡毛》里演过公务员了，就还没有演过律师和医生，于是我把男主人公从公务员改成医生了。

《读者·原创版》：你知道如今有很多年轻人孤注一掷写剧本，期待被某个导演看中吗?

王海鸰：知道。这不仅是文字情结，还是世俗的名利诱惑。内心深处我劝很多人不要写剧本。因为写剧本首先得有投资，况且你对流程、市场一概不知，就开始狂赌，闷头写剧本，一写写几十万字！还有相当大一部分人在瞎编。比如我曾看过一个剧本，美女、香车，意大利、美国……编得跌宕起伏，可就感觉与生活隔着一层。再一问，是个在校大学生写的，他连国门都没出过，等于从别人作品里体验别人的生活，已经层层咀嚼，营养早没了，再写出来岂不是苍白无味到极点？由于没有经历，由于年轻，他们真敢写啊，胆子真大啊!

《读者·原创版》：无知者无畏吧。

王海鸰：是的。最近我的一部戏《相伴》马上开拍，是张国立和宋丹丹演的。现在各大出版社找我谈出书，我说这一回坚决不出书了，只打算出一个规范完整的剧本，给这些有志于剧本创作的年轻人、中年人，甚至还有老年人看。

还是很想写小说

《读者·原创版》：金牌编剧意味着金牌阵容。陈道明、蒋雯丽、刘若英……若没有这些明星，单纯从剧本本身，能否达到

今天这个高度？

王海鸰：不一定要明星，但一定要好演员。《牵手》没有腕儿，靠实打实的电视剧本身。有时戏保人，有时人保戏。当然明星要保自己的品牌，不会随便接烂戏，他本人对剧本会有一个筛选，所以当明星们聚在一起，大家会相信他们的判断。

《读者·原创版》：在这么多明星的演绎中，你最欣赏谁的演出？

王海鸰：最喜欢《大校的女儿》。遗憾的是，当时在中央一台播出时，因为涉及了一些敏感问题，被剪掉特别关键的两集，令这个剧很受伤。

《读者·原创版》：王朔是你创作道路上重要的人，但他对你的作品颇有微词，认为有一股“妇联味”。

王海鸰：可能我的很多作品传递了一种信息，便是女人最不能失去自己，女人不爱自己便没人爱你，所以他认为这是“妇联味”。

《读者·原创版》：评论界认为，你的不少作品虎头蛇尾，但《大校的女儿》却非常从容。

王海鸰：《大校的女儿》是先写小说，再改编成剧本，其他的却是从剧本改编成小说。那几部我说实在的，文学价值……有一部分人会喜欢，但我自己心里是有数的。我也更喜欢《大校的女儿》。前两天，外甥女说：“我碰到两个你的‘粉丝’，一个想要《牵手》，一个想要《大校的女儿》。”

我说要《大校的女儿》，给，要《牵手》就不给了。（笑）开玩笑了，因为我会视喜欢《大校的女儿》的读者为知己。

《读者·原创版》：你还是很想写小说？

王海鸰：一定是。可人总有七情六欲，何况你还养着个孩子。剧本来钱快，就是说，当钱放在那儿时，还是想拿过来，它能给孩子创造更好的条件。说白了，不能脱俗。人若要脱俗，还真需要一种境界。好在我觉得自己很快能达到了。（笑）我准备再写完这一部，静下心来写小说。

婚姻的形式违反人性

《读者·原创版》：既然忙着创作新剧，为何还有时间一一回复网友的问题？

王海鸰：你不知道，我还给网友回信呢，即便三言两语我都要回。因为一般给我写信的人，除了创作上遇到困难的，便是情感上出问题的了。有很大一部分人看上去特别绝望，如果稍微回复一下，他就会感到温暖与帮助。当然我每信必回，但不会回第二次，的确回不起。

《读者·原创版》：网友们的问题很多集中在“婚恋”，这几乎成为你的标签了。然而事实上，你自己仅有过短暂的婚姻生活，这的确是一个有趣的对照。

王海鸰：久居芝兰之室不闻其香，久入鲍鱼之肆不闻其臭。幸福不会引人思考，而失败往往引人沉思。恰恰是因为我的失败，我才可以冷眼旁观、居高临下，拉开距离观看，从而保持一种敏锐与客观的分析。

《读者·原创版》：相信你身边也不乏幸福的婚姻，你感觉幸福的共性是什么？

王海鸰：幸福的很多，比如我的父母，相伴一生，相濡以沫。但父母在的时候不觉得啊，以为天下的婚姻都是那样。直到我自己有了家庭后，才终于明白，不是的，绝对不是这样的。

还有朱德庸夫妇。这些天他们正在大陆做宣传，朱德庸给我打电话说："你都不知道，我这一年光侍候她了。"因为冯曼伦（朱德庸之妻）身子弱，他专门买了什么什么鸡，熬了什么什么汤，用一种什么什么冷冻方法带来大陆，保证太太每天都能喝到这种汤。

我觉得幸福的婚姻必定是夫妻保持精神的同步，一旦拉开距离，就很危险。所以我总在作品中反复传递：女人不要以为在家中相夫教子是无私的，不是的，你是有私的。你不可能为别的男人做饭，你是在为自己的男人做饭，因为他能为你带来利益。所以女人不要谈无私，不要忘了与丈夫同步。一旦拉开距离之后，你就变成老妈子，变成保姆，这就是我所强调的。

《读者·原创版》：这便是婚姻的智慧了？

王海鸽：婚姻的确需要一种智慧、一种情怀，甚至需要一种天赋。像我母亲、冯曼伦，都有这种天赋。当然，前提是选对适合你的人。

《读者·原创版》：作为“中国婚恋第一写手”，却经常看到你对婚姻表现出悲观。你认为婚姻的悲剧是什么呢？

王海鸽：婚姻的形式本身就是不人性的，因为人性是喜新厌旧。你让一对毫无血缘关系的男女因为某些化学反应走在一起，并且保证一辈子忠诚于对方，这就违反了人性。目前的婚姻制度是私有制的产物，不是人性的产物。

《读者·原创版》：那么婚姻这种形式终将消失了？

王海鸽：恩格斯这样认为，如果按照他的说法，应该会这样。

真正的爱是放手

《读者·原创版》：婚姻是悲剧，但生命不是悲剧。如今，城市里勇于选择做单身母亲的女性越来越多，你作为一名单身母亲，如何看待这个群体？

王海鸽：就像很多女人不结婚一样，她们经济独立了，势必不在感情上委屈自己。过去女人嫁男人就是嫁饭票，现在女人能吃饱饭了，为什么还要嫁饭票呢？单身母亲面临的最大困难是经济问题，其次便是教育问题。做单身母亲是需要能力的，要保证孩子既有父亲给予的安全感，又有母亲给予的关爱。

如果没有这种能力，那么这个孩子可能会生活得比较糟糕。如果是被抛弃的母亲，尤其不要当怨妇，不要把孩子当作倾诉对象。孩子没有父亲可以，没有父爱不行。

《读者·原创版》：当年你是怎么做的？

王海鸰：刚开始撒谎啊，告诉他，爸爸很爱你。比如爸爸捎个玩具，我立刻让他抱着玩具到处跑，让他感受到父爱。办离婚手续时，我哄他："如果爸爸妈妈不离婚，你就不能待在北京了，你想想，北京多好啊！"他仔细想了半天，说："那好，你们离婚吧。"（笑）

《读者·原创版》：面对孩子的渐渐成长，单身母亲在幸福的同时是否也感到失落？比如当生命中最重要的"男一号"单飞时，是否非常不舍？

王海鸰：更多是担心，不应该是不舍。我想这便是人生吧，每个人皆有自己的人生，我们只能活好自己。什么叫母爱？真正成熟的母爱绝对不会把孩子拴在身边。像《金锁记》里的母亲，为了拴住自己的儿子，让儿子吸大烟，那是一种畸形的爱。真正的爱是放手。

《读者·原创版》：最近你在博客里贴下从十几岁到五十几岁的照片，看着时光流逝，内心感触如何？

王海鸰：在我十几岁时，是没法想象五十多岁的，觉得没法活了。但如今我却最喜欢现在这个年纪，很从容，生活尽在掌握之中。前天看到一个测验，问一些成功人士，你愿意付出多少钱回到18岁？所有人都说，如果能保持现在的经验，我不愿意回去。是的，我也不愿意回去。

七堇年：看清世界去爱它

赵款款

看过一句话，大意是：当很多女孩子因为一件名牌服装就心满意足、笑靥如花的时候，还有一些女孩子，已经远远走到了她们前面。七堇年，属于后者。

看她的文字，会以为这是一个清醒独立、历经沧桑但内心深处却残存美好的女子，年龄应该在30岁左右。可实际上，她却是不施粉黛，穿白T恤、牛仔裤，梳马尾辫的青春女孩。你不得不承认，上帝对某些人分外偏爱，往往会慷慨赐予她超越年龄、阅历的心智，然后让她选择一种独有的方式回馈这个社会。七堇年选择写作。

写作才能是上天的赐予

写作是一种私密的个人行为，与天赋有关。选择写作，就注定要走上一条孤独的道路。早在上小学时，七堇年就想过要写一本书。不过，那时，她循规蹈矩地在母亲的教鞭下学钢琴、画画，当大队长、当班长，上奥数班。中学时代接触过吉他、爵士鼓和电影的些许皮毛，后来发现唯一的收获是可借此表达自我和了解世界。曾经的理想是做漫画家和拍电影，均未能实现，至今仍耿耿于怀。

2002年，七堇年写下了第一篇文字《被窝是青春的坟墓》。她说，回顾昨日，看到了写作带给我的另一种形而上的成长，那些文字如今看来是啰唆烦冗的羞人之笔，之所以鄙弃过去是因为有所进步。

2003年，她因尚未习惯住读生所必须习惯的冷清寂寞而内心慌乱，执笔写下一些自认为言不由衷的文字——《北方》《幻听》《故城》《昨天》；下半年，在晚自习上始作《远镇》；寒假之前赴上海参加第六届新概念作文大赛，《被窝是青春的坟墓》一文获一等奖，装奖杯的红色纸盒上尚有颁奖时王蒙的签名。

2004年，郭敬明为《岛》的创刊征稿，偶然看到七堇年入选《新概念作文大赛选》的文章，很是喜欢，便前来约稿。这样，两人建立了长期的联系。

2006年，她站在十几岁的尾巴上写下第一部长篇《大地之灯》。

2008年，她的最新长篇小说《澜本嫁衣》推出，郭敬明是她的新书出品人。

至此，七堇年终于在文学的道路上走出了属于自己的一方天地。

在文娱不分家的今天，多少出了书的年轻作家恨不得天天上报纸、上电视，谈理想、谈写作、谈经历……作家与明星无甚区别，七堇年却把自己包裹得很紧。她闭口不谈自己。她希望大家更多关注她的作品，至于个人，她一再强调自己不过是一个大四在读的普通学生，个人经历也没有什么特别的地方。她说："我相信头脑中的写作才能是上天的赐予，也是一笔应该善用的财富。如果说我有和别人不一样的地方，那就是我有作为一个写作者特有的敏感以及感性，并且遵循内心的准则去做很多事情。"

她对华服美食、珠宝首饰、房子汽车均无兴趣，所追求的东西似乎与普通都市女孩相差甚远。她喜欢电影、音乐，常常沉浸在自己的内心世界。

她希望走出去看看世界，能环球旅行，获得广阔的体验，所以当初曾通过朋友的安排获得了去国外做志愿者和实习生的机会。她还很想去偏远地区支教，她相信那会是刻骨铭心的体验。

爱这个世界是为自己好

当诸多青春作家写着风花雪月的恋爱故事时，七堇年却把目光投向人性的丑恶、文化的虚伪、人与人之间的钩心斗角、欲望的无从满足……她相信，面对这个世界，没有人可以沾沾自喜。

当我们实质上身处同一个垃圾场的时候，停止洞察的人有停止洞察的权利，七堇年却致力于不断叙述，让大家直面真相。但是，她又在提醒我们：看清这个世界，然后去爱它。

既然已经看得足够清楚，还如何去爱？

她说：“人性和社会，是两个最复杂的话题。我展示的是它阴暗的一面，但是，这个世界也有光明的一面。看清楚恶的一面，并不妨碍我们爱它，爱它是为我们自己好。如果我们因为它的阴暗而抵触它，只能让自己消极。认清楚这个世界，我们才有包容的态度。有很多人生活在这个社会光明、向上的层面，但是，还有一些人，一些抱有希望的人，在社会的残酷中最终沦为虚空。我想，我们也应该关注他们。”

也许就是这样，每个人的生活都是一本书，需要花心思去翻阅，去审视，从他们身上挖掘出最深刻的东西，只有如此，文字才成为艺术品。

辑三　邂逅自己

邂逅自己

缠枝莲

那天，和几个友人围炉吃茶，其中一个友人说："其实，我们的一生都在邂逅自己。"邂逅自己，多么美妙的词语。想想看，我们所找的所寻的人，大抵是与我们类似的，或者灵魂最相近的，最起码，某方面的感觉很相近。不是吗？小时候读孙犁先生的《铁木前传》，一下子喜欢上了，再读他的散文，更喜欢。后来，和朋友一起拜访过孙犁先生，他，果然是那种素淡之人。

再大一点，邂逅三毛，看肖全为她拍的一组照片，是在成都的茶馆门前，她落寞的神情让我找到自己。我想，我也应该是点燃一支烟，赤着脚，长发披肩，然后万水千山走遍的。

再后来，邂逅小画大爱的丰子恺，喜欢他那"人散后，一钩新月天如水"的意境，理解了那颗护心之心……还有那些朋友，她们与我一样有一颗脆弱而敏感的心。她们喜欢人间的烟火，等待着一个痴情人，知道桂花开了，细细碎碎的，空气里到处飘着香，懂得享受白切鸡、艇仔粥、鱼肠粉的味道……我们如此美妙地邂逅，其实是与另一个自己相遇。偶然的一个机会，认识了一个女孩子，她喜欢旅行，喜欢一个人发呆，喜欢唱信天游。在她流着泪唱“白天我想你，拿不动针；到黑夜我想你，吹不灭灯。白天我想你，盼黄昏；到黑夜我想你，盼天明。白天我想你，墙头上爬；到黑夜我想你，没办法”时，我看到她眼里闪着动人的光。就为那眼泪，我们彻夜长谈。我们谈到那些微风中的晨光、卖菜的小贩、扫院子的老太太、路边的榆树、地上的枯叶、好吃的羊蝎子、落叶和青苔之美，还有那种旷野的寂静，好像都是那么可爱。她说：“你在这里啊！”我说：“原来你也在这里。”一次长谈，我们成了朋友。之后，我们常常一起去旅行，到西藏看落日，去丽江品苦丁茶，有时，也去一些极偏僻的小镇。我们喜欢边走边唱，喜欢搜集整理听那些快要绝种的戏曲。

有一次，听到一个男人唱那种要饭调调的歌：“妹妹，我想你想得肠子青，想你想得没缝缝……”我们泪眼蒙眬。她是我的另一个自己，我不过是与我邂逅。

当然，与一个城市的邂逅也是这样。有的城市，去过很多次，可是，没有感觉，它不是你的，它与你隔着衣服，隔着温度，始终在云端。有的城市，你刚一落地，就感受到了温热的地气，它与你，如影随形，贴心贴肺。这，是另一种形式的邂逅。有时候，与一段戏曲的邂逅，或者与一首歌的邂逅也是如此。我记得在飞机上听过一段戏，我根本听不出是什么剧种，反正它不是我听过的任何一个剧种。但那个旦角声音绝美，以至于我反复听，两个小时，我一直在听那段曲子。

后来看梅艳芳和张国荣演的《胭脂扣》，当他们对唱时，我终于知道，我为什么如此迷恋偶然邂逅的那段曲子，因为它们如此之像——烟花散尽，无语泪流，唯清音在耳，笑语盈盈处，是她和他情与爱的纠缠。旧戏台上的一幕，倒似我的前世与今生，这苍凉又妖娆的声音，与我偶然邂逅，却让我魂断，这还是与自己的邂逅。

有一天，我看到了一张照片。

是一个女孩子，她穿了深色的长裙，中分的长发，半侧着脸。她的背后，是陈逸飞的画。她坐在一张木椅子上，呆呆地望着前方，眼里充满了泪水。但是，那眼泪没有落下来。

她的手里，有一支燃着的烟。她的另一只手里，端着一只烟灰缸。她就那样绝望而凄凉地看着远方，想必她在思念远方，或者，她失恋了，或者，她十分孤单。就在那一刻，我和另一个自己邂逅。那应该是我，寂寞的，形销骨立的寂寞，眼里有泪水，饱满的、生动的泪水，可是，没有掉下来。我的手里，应该有一支烟，正燃着，我吸，或者我不吸。在那张照片前，我久久无语，到后来，终于哽咽。这，也是一场邂逅。而最心疼的，应该是爱情的邂逅。他与她，人生初相识，刹那间惊艳。他们一起去吃老北京前门的卤煮，看天津的杨柳青年画，一起去郊外看千树万树梨花开。她陪着他，看他写诗画画。他伴着她，夜听风雨，欣赏人间的烟火。即使吃一碗面，他也嘱咐伙计，少放辣椒，他知道她怕辣。他的画，她这样懂，那里面的苍凉与喜悦，只有她懂得。因为，他画的是她啊，她的细密心思，只有他懂得。

这是最美丽的邂逅，如同危地马拉作家奥古斯托·蒙德罗索的短篇小说《恐龙》，整个小说只有一句话：当他醒来，恐龙仍在身边。就像每次她醒来，他仍然在这里。一直在这里。

此刻，我站在阳台上，穿着从西藏带回来的蓝色布裙和红色的麻质上衣，手里缝着一个靠垫。这是给女友缝的，她喜欢软软的红色的靠垫。是我亲自去市场上选来的布，她在远方，我要缝给她。

我告诉她，我一直在这里，等待你。

她回了我的短信——你尽有苍绿。这是一首短诗中的一句。张爱玲评这首短诗时这样说："无量的'苍绿'中有安详的创楚……她不是树上拗下来，缺乏水分，褪了色的花，倒是古绸缎上的折枝花朵，断是断了的，可是非常的美……"

她说我，你尽有苍绿，可是非常的美。为她这句话，我知道，这场邂逅，是人生至美。我也知道，人生如此之长，我还会不停地邂逅，但最美的，应该是邂逅自己。因为，只有自己最懂得自己要什么，不要什么。

你为什么唱歌

韩浩月

最后一个音符消失在昏暗的灯光下，几个朋友对我报以礼节性的鼓掌。很久没唱过歌了，这样的深夜，在一点醉意和朋友的催促下，唱了一首几乎要忘掉歌词的歌。唱完，有些倦了。

“你的声音里有从骨头里发出来的忧伤……”一个朋友照例点评道。这样的说法，他已经说过不下三次了，分别是在人声鼎沸的卡拉OK厅，车流汹涌的街道旁边，以及这次在安静的房间里一次畅谈之后。我不做任何回应，因为还沉浸在歌的意境里。

我是不适合演唱的人，不能够掌控自己的情感，所以，很长一段时间我选择坚决不唱任何一首歌，宁愿大瓶大瓶地喝啤酒。歌唱是容易暴露一个人的灵魂的，这在我少年时就有过深刻的体会。那时我常骑着自行车在县城里游荡，午夜回家的时候，一个人会在车上唱起歌来，很大声，很放肆……

为什么要唱歌呢？过去的记忆像冷水一样渐渐漫了上来，这个问题像孤船一样在海面上漂来漂去。在机器声轰鸣的车间里，在灰尘飞扬的工地上，在草香四溢的原野里，在被太阳晒得热乎乎的水泥地上，我一直没有停止过唱歌——只是从来没人听到过，那些歌，都是唱给自己听的。

为什么要唱歌给自己听呢？或许是因为孤独吧。一个少年的孤独或许不及一个英雄的孤独的千分之一多，可那潮水一样的孤独照样会让他产生溺水般的感觉，而唱歌是让灵魂呼吸的一种方式。有时如同河面下水草的呼吸，有时如同被风鼓满的船帆，这些，都会让一颗布满皱褶的灵魂得到舒展。

有一年秋天，我骑着自行车跑遍了县城里所有的音像摊点，疯狂地搜寻一个歌手的磁带。那时的音像摊点摆放在一棵棵巨大的梧桐树下面，树上挂着同样巨大的黑色音箱，我让摊主把我挑选好的带子放到录音机里反复试听，并让他将声音开到最大。在震耳欲聋的音乐里，我仿佛觉得自己的灵魂飘飞了，飞到了梧桐树最高一片叶子的顶端，飞到了这个县城最空旷的地方。后来，我知道了那个歌手的名字——迈克尔·杰克逊。

我在家中的房间里放他的歌。房门紧闭，屋子里是昏暗的，有煤球的味道和剩饭的气息，这让人绝望。而在歌手声嘶力竭的声音里，这绝望绽放出惊人之美，美若莲花，开在波澜不惊的湖面之上。这绝望又如同一个个柔软的馒头，暴烈地塞满整个房间，越来越满，让人担心它们会将门挤坏，冲到大街上……后来，录音机被愤怒的家人砸了，世界又恢复了它沉闷的模样。

有一天下午，弟弟到院子里找我玩，他敲我的房门，用力地敲，“笃笃笃……”在没有得到理睬和没被允许的情况下，他进了我的房间。如他所见所闻，我在唱歌，小声地唱，大声地唱，一首接一首，无边无际，像到了世界末日一样地唱，像和相爱了一生的人就要分别那样伤感地唱，像街边卖唱者为了生计不知疲惫地唱……弟弟问我话，我不理他，他说：“哥，你是不是疯了？”

多年之后看电影《立春》，那个相貌丑陋却声若天籁的王彩玲，当她说到有一天她要调到北京，要唱到巴黎歌剧院去的时候，幽静的影院里，我在心里默默地说了一句：“这个女人，是不是疯了？”可喜欢唱歌怎么就是疯了呢？她是一个理想主义者，怎么能轻易将“疯”这个字眼用到她身上呢？在疑问产生的那一刻，我从王彩玲身上得到了共鸣——在令人绝望的年代，唱歌虽然改变不了命运，却是和命运抗争的一种外在表现。

在街头卡拉OK将要消失的那一年，我在一个陌生的城市街头独自唱了两首歌，从那之后我再也没有神经质般地沉浸在自我的世界里过。之后的日子里，我在灯红酒绿中唱，在一群酒鬼中唱，和一群半红不红的歌手唱，在地铁里唱……就是没有再一个人歌唱。我不忍再面对自己，不忍从现实世界竖在我面前的巨大镜子里，看到自己歌唱的样子……我在逐渐失去唱歌的能力，我无法面对一双真诚地要求我唱首歌的眼睛，用真感情唱出自己喜欢的歌。我不知道朋友所谓的忧伤从何而来，因为那时，我的确听不到自己。

电影《小武》中，小武也从来不唱歌，需要唱歌的时候，他会按响一个廉价的打火机，那个打火机会发出单一而走调的电子元件声音。他爱上了歌舞厅里的小姐小梅，小梅想听他唱歌，可每次他都只是按响这个打火机敷衍一下。后来，终于有一次，在空无一人的公共浴室里，他大声唱了起来："为什么总在/那些飘雨的日子/深深地把你想起……"这是我看过的电影中，印象最为深刻的悲凉一幕。歌唱是用来释放忧伤的，有时候也可以用来表达幸福。而爱情让人忧伤，也让人幸福，所以小武才会唱出歌来。

那些如今缄默不语的人，是什么让你们不再唱歌了呢？

三杯上马去

雪小禅

我不记得我第一次喝酒是什么时候了。我觉得第一次喝酒是人生很重要的一件事情，特别是对于一个女子而言，可我居然忘掉了。但我记得第一次喝醉是什么时候。是17岁的一个夜晚。我的闺中密友过生日，她18岁我17岁，我们找了个小酒馆，然后要了鱼香肉丝、花生米、凉拌黄瓜。我们那时高三，都住校，两个人偷着跑出来，小酒馆生着炉子，很呛，可是，我们不觉得呛。很冷的冬天，她说，要不，要点酒吧？行，我说，要点酒。我装作很老练，多年之后我发现越是幼稚的人越要装作老练，不断叫着店小二，上酒上酒。要了最便宜的红星二锅头，一口下去，辣，差点吐了，咳嗽几声，两个人都笑了，还是接着喝。辣也喝，因为觉得与众不同，少年时就是这样，与众不同就是好的，管它辣不辣。三杯下去，人晕了，飘乎乎，我们两个眼对着眼，忽然就哭了，谁知道为什么哭。说不得，说不清，反正是抱着哭了。然后她说喜欢隔壁班打篮球的中锋，我说暗恋穿藏蓝球衣的少年，再痛骂了物理和几何老师，又抱怨父母是多么不理解我们……吃的什么忘记了，反正酒是很快就喝完了。一人半斤，到后来，彻底晕了。

相扶着出来，风正大，漫天的雪，我们唱着齐秦和王杰的歌，一边唱一边流眼泪。20世纪90年代，怀旧而沧海桑田的90年代，我们唱了一路，打赌王祖贤会不会嫁给齐秦，我赌的是嫁，她赌的是不嫁。十几年之后，我知道我输了，而她在大洋彼岸，早就忘记了我们打过的赌，但是，她记得我们的醉。

我们都吐了，吐得胆汁都出来了，但还唱——你是不是春天一过就要走开？两个人醉到不认识路，转遍整个小城才回到学校，当然挨了批，班主任是年轻的男子，叫我们傻孩子。那些美丽的前尘往事啊。也许只有孟浪少年才会那样执着，喝到烂醉在大雪中转啊转，结果第二天就发起了烧。那是第一次喝醉，才知道喝醉了会发飘发晕，甚至不识对面人。大洋彼岸的她，有一天给我写了一封邮件：光阴去了，唯有你在。想念18岁的夜晚。我轻轻地读着，眼泪就掉了下来。上了大学，同宿舍的女孩子总是隔三岔五过生日或接待谁的男友，难免要喝上几杯，可是，不贪杯了，因为知道了疼——吐出胆汁后，几天都会胃疼。

但有几次是记忆深刻的，一次是老五失恋，陪着去喝酒，要了一打啤酒，一边去卫生间一边喝，后来又喝高了，让同宿舍人找来男同学背了回去，把喝的酒吐到同学背上，算是丢人的一次。

还有一次是我失恋了，第一次喜欢一个人，远远地隔着几千里路，他说，忘记我吧。忘记吧。

《牡丹亭》里的杜丽娘唱：“煎淹，泼残生，除问天！”樱花盛极又凋谢，我无语，一个人奔走，走到半夜，饿了，找一个小摊坐定，然后跟老板说：“上10瓶啤酒。”

一个人几乎喝到天亮。只有我一个人喝，老板派伙计催了几次要打烊，我不许，闹酒，和人撒泼，甚至要砸人家的店。那是我的20岁，我不觉得丢人现眼。天亮后，脸上的眼泪干了。我想，初恋，初恋就是红泪清露里盛开的玫瑰吧，那么娇嫩，哪里经得起风雨？所以，我大醉一场，睡了三天，醒了就买了最好吃的小笼包，吃了十几个——日子总要过下去。

后来学会小资地喝酒，最好是红酒，喝到薄醉，那是女子最美的时刻，脸微红，有淡淡的晕，可是，刚刚好，并不觉得过分。孟浪是十几二十岁时玩的游戏，30岁的女子，要活出自己的姿态和风韵，有淡淡的清愁，偶尔的薄醉是允许的和快乐的。

所以，在微雨的夜里，坐在地毯上，听着京剧，往往会轻酌一杯，不多，一杯就足够了。我喝过女儿红、宁夏红，也喝过芝华士和威士忌，一个人，不嫌自己奢侈着浪费时光，有些时候，时光的浪费是必需的。

这样的薄醉，分外带着春夜里迷离的味道。不是为某个人某件事情伤感，无关风月，就喜欢一个人邀来明月喝上一杯，不要狂饮，只要在漫长的夜里，吸一支烟，喝一杯酒，然后翻翻发黄的相册，听听透着光阴味道的旧曲，足矣。

也喜欢偶尔的狂醉。但已经太少。除非碰上对的人，三五知己，在茶楼里聊天，越聊越投机。然后就喝多了。

哪一杯都要干掉，一点不斯文，一点也不小资，甚至带了轻薄的表情，最暗的灯光里，是前世今生，是如梦如幻，是若即若离，终于都醉了。于是唱戏，河北梆子、豫剧、昆曲、评剧、秦腔……所有会两句的全派上用场。索性拿了围巾当水袖，一边舞着一边唱："这才是人生难预料，不想团圆在今朝……"朋友们说我那夜唱得最好。

唱得不过瘾了，正是秋天落叶时，有人提议去看落叶。已是深夜，车灯照着落叶往下飘啊飘，一片，又一片，真美，这样的凋零。清澄清明的境界，我们都不说话，一车四人，静静看着落叶一片片飘着，那样美到蚀骨，寂寞着，又惆怅着，销魂着，又刻骨着。这样的酒醉之夜是令人心动的，我侧脸看身边人，他的眼神，有着清凉的喜悦，小声说："看，这片叶子是为你落的呢。"我轻轻地唱："原来姹紫嫣红开遍，似这般都付于断井颓垣。"寂静的夜里，只有我一个人的声音，他们静静地听着，我感觉眼角湿湿的，这样的夜晚，不喝醉，怎敌他晚来风急？怎么能落得花不沾身？没有什么比酒更适合这种有情有调有寂寞的夜晚了。我想起有人说酒，一杯看剑气，二杯生分别，三杯上马去。

那么，饮了这三杯，我便上马而去，打马扬鞭，去寻自己的那片草原。无论多远，无论多久，我兀自找下去，为的是落得人生两个字——不悔。

小半生

陌上花似锦

的确是小半生过来了。最快的东西一定是光阴，才青涩茫然，小试新春，转眼就秋天，柿红如霞。不喜热闹了，拣一个薄薄的清晨，一个人远行。不特立独行了，一团喜气地活着。从前见了不喜的人半字不语，如今再不喜欢也会笑意相迎。实在是因为心态平和得似一湖秋水，不与人争得面红耳赤，时过境迁，对错无答案，春风笑过，三千赤壁都成过去，何况小小的争执?

与人交往，喜欢清淡似水。把酒当歌的时代真的过去了，还彻夜长谈？不，怕第二天眼睛红肿，还是及早休息。偷得浮生，更愿意一个人吃一碗清汤面，对极力相邀的酒友牌友说不。

终于学会了拒绝，拒绝得这样坦荡。再也不去无限地浪费光阴，再也不聚众扎堆人云亦云……小半生的光阴，积攒下来可以拣得的好时光真是少之又少，绝大多数碌碌而为，戴无数面具，四处游荡——那不是我，那也是我。生活真无情，把我们雕刻得人鬼不是，有的时候，“不真”倒成了一种境界。有人问抗震小英雄林浩，问他和姚明在一起当旗手威风不威风，我只记得这孩子幼稚天真地回答：“没觉得威风，就觉得姚明比我高好多。”这是真，真得让人喜欢。也只有年少、未经洗涤才有这样的真。大多时候，谎言连篇，无尽无休，用一个谎言遮盖另一个谎言——这种时候，人永远不嫌浪费精力与时间。直到有一天说了真话，自己都不好意思。发酒疯的时候歇斯底里地说：“我真是喜欢他呀，真是喜欢呀。”第二天别人问起，一脸的谨慎：“我说着玩呢，哪能当真？”时间在赠人阅历的同时，一定把更无情的沧桑也随手相赠。细数从前，那一日他大雪来访，站在楼下喊你名字，也真是年轻，居然穿了薄内衣就冲下楼去，不怕冷……那一天受了委屈，号啕大哭，打长途电话，一边说一边哽咽……现在，都不会了。更喜欢安静了，越安静越好。更喜欢朴素了，越朴素越好。先扔掉高跟鞋，忒累人的东西；再把胭脂水粉扔掉一半，粉面朱颜有什么好？不，不负责讨好任何人了。更喜欢清淡了，越清淡越好。如今，更喜欢清水煮莲子体贴人心的清香。更无所谓了。有人告诉，谁谁说你什么了。一笑，说去，随便。一脸兵来将挡，水来土掩的架势。你的不在意，是大聪明大智慧，一切都会过去，一切终将过去。

更欢喜着一些细节的欢喜了——早晨的清雾，有薄蝉在窗上，红色翅膀，让人心动；晚霞落日，有远山如黛，在秋高的黄昏，如凡高的油画一般，繁重而哲学；提一捆俗绿的菜，悠然走着，这一把绿，用清水煮了凉拌，放上金银花黑木耳，可以用上芥末少许；约好了去看《图兰朵》，找那件蓝色华服配这场演出，那蓝像夜空，简直有点不像话了……

小半生的时候，放弃了一些东西，拾起了一些东西。放弃了那些不必要的琐碎和细节，放弃了看起来华美实际上无用的装饰，拾起了那最素朴、最简单的一些生活方式。不，不是颓迷了，只是不愿意再与自己交战，不愿意和生活好似不共戴天，而更愿意顺应光阴的河流，在里面做一个最凡俗的角色，歌唱，行走。只是放松了。卸下了身上的很多包袱，那些名，那些利，那些斤斤计较和放不下，太沉了，一直背了这么多年。才知卸下有多轻松。就这样给自己减了负。股票赔了怕什么？可以等。爱情没了怕什么？这一生很长，爱情又不分年龄。孩子没上重点学校怕什么？鸡窝照样出凤凰。这次提拔又没上去怕什么？做一株小草自然也有小草的快乐……不知道有多好，这样的自劝自娱，才是小半生过来的人应有的心态。

韶光滚滚，他溜出众人猜拳喝酒的酒场，在旁边小店要了一碗清汤牛肉面，点一支小烟，一边抽一边吃着，真香啊。

只有小半生过来的人，才知道，这样的偷得浮生，原来是最美。

耽于美丽

张丽钧

那天去晨练，发现公园里的芍药开了。原本设计的跑步线路是经芍药园，穿竹林，绕烟雨湖跑两圈。但是，一颗心，硬是让那盛开的芍药给黏住了。便跟自己谈判：围芍药园跑十圈，差不多也抵了绕烟雨湖跑两圈了——就这么着吧！可是，跑起来的时候，却一眼一眼地看着那灼灼的芍药，心中落英般飘飞着诸如“庭前芍药妖无格”“芍药承春宠，何曾羡牡丹”之类的诗句，意乱情迷得再也顾不得去记取究竟跑到第几圈了。

差不多总是这样的，耽于途中的美丽，听任这颗心一次次用“路过”的潮水跛扈地漫过了“到达”的堤岸。那一年游长白山，在去往天池的路上，为了拍张理想的不畏寒苦的牛皮杜鹃，我掉了队，颇费一番周折才与导游联系上，见面后那女孩劈头就冲我嚷道：“破牛皮杜鹃有啥好照的！天池才是今天的精华景点，知道吗？”

也想过不由分说地舍弃了这途中无谓的盘桓，毕竟，心已然暗许给了远方。但是，当我被一支无意击中我的箭镞猝然击中，倾倒，成了唯一的选择。

说起来，我应该算是个“目的地”的信徒吧，并且，我一心向往着过极度理性的生活，特别欣赏自己目视前方心无旁骛昂首前行的样子。然而，我身体里隐匿着另一个可怕的我，这个“我”的拿手好戏就是纵宠那颗抛弃了目的、违逆了理性、执拗地耽于美丽的心啊！

“美丽呀，倒影在心房；美丽呀，泪珠挂腮上；美丽呀，花儿吐芬芳；美丽呀，你让我慌张……”真喜欢陈数演唱的这首《美丽》。沉溺的心，有时竟会莫名地跟着那“慌张”慌张起来。

“美是邂逅所得”，这话是川端康成说的。我曾诵经般一遍遍地默诵这个句子，喜欢到心痛。那天走进一个语文老师的课堂，恰好讲到了这个句子，我突然脸热心跳，仿佛是被教室里所有的人倏然窥破了心底的秘密。语文老师引导学生赏析这个句子，只见他循循善诱地向大家发问道：“同学们，你们有没有过‘美是邂逅所得’的人生体验呢？”大家面面相觑，没有一个人举手回答。我坐在这些阅历尚浅的孩子中间，无意去怨责他们对美的盲视，只是在心中悄然回答了老师提出的问题。

一样东西，只有入了心，才能真正入眼，要不怎会有视而不见、熟视无睹这样的说法呢？而能入心入眼的东西，一定是因为那心与眼虚位以待良久了吧？邂逅美丽，其实是邂逅了热爱美丽的自己。

不期然的美丽最容易攫住倾慕美的心。明白了这一点，你就不会怪我何以屡屡被目的地以外的美丽羁绊住了前行的脚步。人生在世，目的固然重要，但有暇分心旁顾，且于这分心旁顾中更爱了这不断给予我们苦痛更不断给予我们惊喜的人间，这，也算得上是不浅的福分了吧？

因为害怕辜负，所以耽于美丽。当我怀着甜蜜的忧伤在自己的邂逅所得前忘情流连，你愿不愿意和我并肩而立？让夕阳拉长我们的身影，让花香安妥我们的心绪，让我们微笑着，将这殷勤赶来与我们生命相约的美丽尽收眼底吧……

时间之河

季漠

时间像一条河。

那晚在阅读普鲁斯特的《追忆似水年华》的时候，窗外有一首曲子沿着湿漉漉的街道缓缓滑过。那首电影《时光倒流七十年》的主题曲，浸满伤感，令人无端地惆怅，感慨万分。

这种巧合是令人感动的，像两条优美的曲线交织在一起，构成一个同样优美的形体，在风中，像花园里的瓮，在艾略特的诗中哭泣。

读普鲁斯特的小说，有一种近乎读《红楼梦》的感受：时间才是真正的主角，人只是时间之河里的浮游生物。

对普鲁斯特来说，时间是首要的，我们周围的一切都处于似水的年华之中；空间是相对的概念，处于一个变幻莫测的过程中间。我们在时间的流程中逐渐解体。我们曾经喜爱的地方，我们决不会重睹它们，因为重游旧地的人不再是那个曾以自己的热情装点那个地方的儿童和少年。

我们处在过程之中。

孔夫子看见河水东流，日夜不停，感叹道：“逝者如斯夫，不舍昼夜！”西方人也把时间比作一条河，它从遥远的过去，流向无穷的未来，不能停息，也不能倒退，而“现在”只不过是时间之河上的一点罢了。

日本摄影家星野道夫有一幅摄影作品，是在阿拉斯加上空拍摄到的熊妈妈带着小熊在荒凉的冰雪大地上缓缓移动的场景。在这张壮阔的摄影作品旁边有这样一行文字：“我发现，我们走过的是相同的时间之河。”当时这行文字给了我很大的震撼。我们走在相同的时间之河里，能在这样一个精致和谐的地方，在各自繁忙的生活中偶有交集，即使不会有星野先生那样的体会，但能在这个地方走过相同的时间之河，也令人有着格外温馨而深刻的感受！

在时间之河中，万事万物都有自己命定的道路，一切都注定要走到尽头，在虚空中退出，消逝在毁灭里，消逝在时间之中。只有永恒的“记忆”——对亲人、爱人、朋友的那份真诚，才能让美丽不会消逝在时间之河中。没有堤岸能够限制时间之河的流动——它将永远存在，所有人都必将没入其中。它的水透明而漆黑，世界万物尽在其中。文字中有它，音乐中有它，每个人只能在河中跋涉一次，且永远无法找到它神秘的源头。

站在岸边看着时间之河带走了什么，又带来了什么。流速太快，看不清楚；伸手打捞，一无所获。那就闭上眼睛，静静地聆听水流的声音。水有急有缓，河岸宽了，它就流得慢一点；河岸窄了，它就流得快一点。但不管怎样，它总是勇往直前，毫无怨言。自始至终，从来没有责怪过河岸的外形，只是用合适的方式，不断向前。前进，始终是时间之河的主题。

我从书本中醒过来，回到了笼罩住我的时间里。墙上的钟表静静地走动着，仿佛时间与它无关。可正是这些钟表把浑圆无尽的时间，分割成以秒、分、时命名的单元。生活因而有了规律，有了节奏。

人永远生活在时间之内，却永远对时间陌生。

时间在钟表上不停地走动着，却永远不留痕迹，我们看到的只是和哲人面孔一样理智的阿拉伯数字。但时间又不仅仅是简单的数字，时间包含着神秘莫测的一面，它亘古如斯地存在着。

每个人对时间的感觉都不一样，每个时代也是如此。

其实，时间的痕迹无处不在。小到一棵幼苗长成参天大树，大到一座郁郁葱葱的山变得寸草不生，只要留心，并不难发现。只是我们在时间的驱赶下，因行走得匆忙而忽略了那些痕迹，当我们无意中触摸到时间的时候，往往又因它的过分严酷而不敢正视。

大地上的人们热情地歌颂时间，大地上的人们盲目地相信时间。从时间的痕迹中我们可以看到物换星移，也可以看到沧海桑田。既可以看到一个稚嫩的婴儿长成顶天立地的男子汉，也可以看到一位明眸皓齿的少女变成形容枯槁的老妇。在时间中我们渐渐老于世故，时间带走了我们曾经的天真。时间之河在我们身边流淌，不断赋予我们勇气、智慧和经验，也在不断索取我们的青春、精力和热情。没有什么力量能够留得住时间，没有什么力量能够止得住时间之河那奔涌不息的波涛。

“中国风”歌词游戏十六法

方文山

编者按：读方文山的歌词是一种享受。他擅长打破语言使用的习惯，赋予其新的意义，纺织出新的质地，充满强烈的画面感和浓郁的“中国风”。《“中国风”歌词游戏十六法》如同一部有益有趣的修辞学教材，为保证其系统性，我们基本保留了原文的语法说法，如“譬喻”“设问”等说法均与我们常用的语法系统有所不同（名虽同而实不副）。敬请读者留意。毕竟，此篇文章意在“渔”而非“鱼”。

犹记得一年多前举办过“歌词大会考”活动，很多网友对于我将自己创作的歌词词句重新批注、溯及源头，以及说明典故出处，并且将其中消化成考题一事，反响颇为热烈，也开始了解到原来“中国风”歌词里竟也有那么多的含义可以发掘。

由于媒体平台的强势，歌词大概是现今流传度与能见度最高的文字了。正因为如此，一方面，你已无法假装它不存在或没影响力；另一方面，歌词也必须要有相当一部分使用浅白直接的口语，以文章的标准来审视，这种口语文字的内涵经不起推敲，词意的经营显得很薄弱，语法结构松散，并不像新诗般有比较深入、可以咀嚼的文字张力，在我看来并不具备单独被阅读的乐趣。但在经过“歌词大会考”的文字数据汇总后，触发了我的灵感：其实歌词还能延伸出相关含义与知识，让人吸收理解。我想从流行音乐的歌词内容导入文学领域，可谓寓教于乐，比较不那么生硬与八股，教学上也比较灵活轻松，容易引起学生族群学习的兴趣。

我所创作的“中国风”歌词有相当一部分比较适合拿来作为修辞学教材。这里，我将做一个详尽的解释，读者可在欣赏流行歌词的同时，轻松了解到16种修辞法的基本概念，并附以《青花瓷》实例，分享歌词中所使用的修辞技巧。

1. 感叹：文句的内容除了陈述某种语意，语气上亦明显表现出内心的喜怒哀乐等强烈情感，强调赞叹、惊讶、伤感、愤怒、讥嘲、鄙斥、恐惧或希望等情感反应。一般常借用叹词、助词，并搭配感叹号，来表达强烈的情感。例如在《刀马旦》中，“一碗热汤，啊，温暖了我一个晚上”。故事中人只身在北大荒中，身寒心更冷，然而一碗热汤，不仅去除生理寒冷，更温暖了一颗孤独的心，因而发出满足的赞叹。“啊！轮回的记忆在风化，我将它牢牢记下。”出现在《千年之恋》中的这句歌词则又是另一种情境的感叹，说明爱情难以得到的思念。

2. 譬喻：简而言之，就是“借彼喻此”，是运用想象力和联想力，以具体而熟悉之物象事例，说明或形容抽象的谈话主题。譬喻一般由“喻体”“喻词”和“喻依”搭配组成。“喻体”即所要记叙、说明的主体；“喻依”是与喻体具有类似特点的另一事物，用来说明、形容喻体；“喻词”则是“像”之类的连接语词。《爷爷泡的茶》中“陆羽泡的茶，像幅泼墨山水画”之“喻体”“喻词”“喻依”分别是“陆羽泡的茶”“像”“泼墨山水画”。陆羽为中国的茶神，他探访各处，深入研究茶艺各个层面，从茶的起源、选择、冲泡到茶具的应用等，将茶的精神发挥到极致。由如此大家所泡出来的茶，宛若中国泼墨山水画，颜色虽单一，却拥有细致的风味与丰富的层次。

3. 类迭：反复使用同一个字词或语句的修辞法。而“类”与“迭”还有使用上的差异：“类”表示字词（类字）或句子（类句）非连续出现，而是间隔重复使用；“迭”不管是字词还是句子都接连重复使用，又叫“迭字”与“迭句”。“类迭”修辞有意识地重复使用同一语词或语句，除了语调上的和谐效果外，也是借此突出某种意念，强调某种感情。例如《小小》：“小小的感动雨纷纷，小小别扭惹人疼，小小的人，还不会吻。”其中的“小小”兼用了“迭字”和“类字”，语意上强调童年的天真与童稚，加强“青梅竹马”这个意念；《嘻游记》：“佛总是曰不可说，弟子别问为什么；佛总是曰不可说，凡人只要照着做。”此句则是“类句”，也就是“佛总是曰不可说”这句话间隔出现，强调佛意深邃，多问不如多行。

4. 转化：也称为“比拟”，是指在描写内文时，“转”变被描写对象原来的性质，“化”成另一本质截然不同的物类。可以拟物为人（拟人法）、拟人为物（拟物法），或是以物拟物，化抽象为具体（形象法）。在歌词《东风破》中使用了很多“转化”的手法，例如：“一壶漂泊，浪迹天涯难入喉，你走之后，酒暖回忆思念瘦。”“一盏离愁，孤单伫立在窗口……夜半清醒的烛火，不忍苛责我。”在这两句中，“漂泊”“浪迹天涯”“思念”“离愁”“孤单”等抽象名词，被转化成几乎可以触摸得到的实体，加重了它们所代表的意境重量。想想，一盏离愁之灯在深夜孤单伫立在窗口，除了孤单，还有苍凉为伴。

5. 排比：用两个以上句法结构相同或相似的句子，来表达性质相同的意念，其字数不一定相同，使句子富有节奏之美，并增加了表达的力度。例如《女儿红》：“长的不是瓜子脸，个性不温柔婉约，我却偏偏爱绣花鞋；天生不是丹凤眼，模样也不古典美，我却偏偏爱绣花鞋。”将相似意义的句子排列在一起，更能生动传达出“虽然不是古典美人坯子，却更有自己的个性主张”的概念，仿佛一位女子就站在眼前大声说：“这就是我，怎样！”

6. 夸饰：语句中特别夸张铺陈，明显超过客观事实，给人深刻印象。《龙拳》：“我把天地拆封，将长江水掏空……我右拳打开了天化身为龙，把山河重新移动填平裂缝。”天地由我创造，多么豪气万丈！《千年之恋》：“温热前世的牵挂，而我在调整千年的时差。”因思念而来的牵挂，纠缠千秋万世，完全呼应了歌词名称。《爷爷泡的茶》：“唐朝千年的风沙，现在还在刮。”则形容唐朝人陆羽创作的《茶经》深深影响中华文化。

7. 转品：在构句时，改变词汇原来惯用的词性，譬如将形容词或名词转成动词来使用。例如《娘子》的歌词“家乡的爹娘早已苍老了轮廓”，以及《发如雪》中“我等待苍老了谁”中都出现的“苍老”一词，就是从形容词转成了动词。这种用法，不仅赋予既有的词汇新颖的用法，也使句子的陈述显得简洁扼要，却又包含丰富的语言意蕴，更让人感受时间无情催人老的压力与无奈。同样出现在《发如雪》“你发如雪，凄美了离别”中的“凄美”也是形容词转动词。以“凄美了离别”取代“让离别更显凄美”，更具动感，而且更显露哀戚诗意。

8. 倒装：特意颠倒文法顺序的句子，如《青花瓷》中的“如传世的青花瓷自顾自美丽，你眼带笑意”，正确的文法顺序应为“你眼带笑意，如传世的青花瓷自顾自美丽”。或如《龙拳》中的“渴望着血脉相通，无限个千万弟兄”，一般说法应该是“无限个千万弟兄，渴望着血脉相通”。倒装通常是用来加强语势、调和音节，让句法更有变化，增添文章韵味。

9. 摹写：把对事物的知觉，用文字加以描述形容，记录的对象包括视觉、听觉、嗅觉、味觉和触觉等的感受。《双刀》歌词“正上方的月亮，那颜色中国黄”，是视觉摹写，而《上海一九四三》中“黄金葛爬满了雕花的门窗，夕阳斜斜印在斑驳的砖墙”也属此类，夕阳的昏黄爬在斑驳的砖墙上，更添悲凉。《牡丹江》歌词中也大量运用了摹写的表现手法。

10. 引用：说话时，援引现成的语句叫引用，分为明引与暗引。两者的不同之处在于，明引以括号直接标出引文，而暗引只引用原文大意，不加括号特别标示原文。引用法的功用在于通过读者对经典作品的尊重，进而增强自己文章的说服力，使其更加掷地有声。《双截棍》中提道：“习武之人切记，仁者无敌。”“仁者无敌”出自《孟子·梁惠王上》。《双刀》歌词“以牙还牙的手段”中的“以牙还牙”出自《圣经·旧约》。《祥龙十八掌》中的“亢龙有悔”“潜龙勿用”“见龙在田”“飞龙在天”等则语出《周易》。

11. 析字：将文字的形体、声音、意义加以分析，打破固定的语意，产生翻新的效果。在《菊花台》中：“愁，莫渡江，秋心拆两半。”歌词后半句“秋心拆两半”指的就是

“愁”字，这里将文字的形体进行了变化，加深了歌词的含意。就歌词意境来看，因为“愁”是“秋”跟“心”的结合，隐喻如果被硬生生地拆散，可能再也回不去当初所想象的浪漫了。

12. 映衬：把两种不同的特别是相反的观念或事实对列比较，以增强语气，使意义更明显。此外，对比越强烈，印象就越深刻。《花恋蝶》：“你细腻触摸有他的一切，我在你的周围你没感觉。”在这里对列的是一方“拥有一切”而另一方“什么都没有”的概念。《祥龙十八掌》：“把懦弱炼成了炉火。”以“懦弱”对应“炉火”，将“弱者”锻炼成“强者”。

13. 设问：使用设问法，目的在于吸引读者的兴趣，让平铺直叙的语气有所变化。《东风破》中的“谁在用琵琶弹奏，一曲东风破”用设问法，多了点悬疑，让层次更加丰富。《千里之外》中的“梦醒来，是谁在窗台，把结局打开”，《千年之恋》中的“你还爱我吗？我等你一句话”也都具有同样效果。

14. 示现：简单说，就是利用想象力，将过去、未来或想象中不可见不能闻的场景具体呈现出来，增加行文的画面感。如《乱舞春秋》中“妖兽扰乱人间秩序，血腥如浪潮般来袭……人魔开始重出地狱，叛军如野火般攻击”，这些妖孽横行的血腥画面，读者可借文字的描绘，在脑海中逼真浮现。

《祭魂酒》中的“烽火人间，战鼓连天。远方飞燕，带来的是，狼烟”描述的则是兵戈扰攘。而《黄金甲》中“旌旗如虹，山堆叠如峰。这军队蜿蜒如龙，杀气如风，血色如酒红。将军我傲气如冲，神色悍如凶。黄金甲如忠，铁骑剽悍我行如轰”则令气壮如山的剽悍直逼眼前。

15. 顶真：所谓顶真，就是以上一句的结尾词作为下一句的起始词。如《黄金甲》：“情感漂泊漂泊，漂泊一世如我……千军万马万马，万马奔腾那骨肉相残如错。”通过顶真法，文句更显紧凑。以上句为例，连续使用三个“万马”，仿佛真有千军万马排山倒海而来，势头锐不可当。

16. 对偶：上下两句字数相等、句法相似、词性相同，有时还讲究平仄相对的语句。使用对偶，能使文章形式工整，读起来悦耳顺口。《双截棍》中的“耳濡、目染”与《祭魂酒》中的“断壁、残垣”，属于句中对，也就是句子中前后两个词自为对偶。《祥龙十八掌》“打倒烦恼，攻下忧愁”则属于单句对，也就是同一文句中，上下两句字数相等，词性相同。

《青花瓷》是周杰伦歌曲中传唱比较多、读者比较熟悉的一首，也是“中国风”歌词特征非常典型的一首，其中运用了以上修辞方法中的八种，逐句分析解读如下：

《青花瓷》

素胚勾勒出青花笔锋浓转淡

瓶身描绘的牡丹一如你初妆（譬喻）

冉冉檀香透过窗心事我了然（转化）

宣纸上走笔至此搁一半

釉色渲染仕女图韵味被私藏（转化）

而你嫣然的一笑如含苞待放（譬喻）

你的美一缕（转品）飘散

去到我去不了的地方（转化）

天青色等烟雨　而我在等你

炊烟袅袅升起　隔江千万里（夸饰）

在瓶底书汉隶仿前朝的飘逸（转化）

就当我为遇见你伏笔（转品）

天青色等烟雨　而我在等你（类迭）

月色被打捞起　晕开了结局（转化）

如传世的青花瓷自顾自美丽你眼带笑意（上下两行形成倒装、譬喻）

色白花青的锦鲤跃然于碗底（摹写）

临摹宋体落款时却惦记着你

你隐藏在窑烧里千年（夸饰）的秘密

极细腻犹如绣花针落地（譬喻）

帘外芭蕉惹骤雨门环惹铜绿（转化、摹写）

而我路过那江南小镇惹了你（上下两行三个句子运用了排比、类迭）

在泼墨山水画里　你从墨色深处被隐去（转化）

譬喻："你隐藏在窑烧里千年的秘密，极细腻"为"喻体"；"犹如"为"喻词"；"绣花针落地"为"喻依"。若从譬喻"运用想象力，以具体而熟悉之物说明或形容抽象之物"这个原则来看，想象力将"细腻的秘密"与"绣花针落地"巧妙串联在一起，呈现出彼此微妙的关系：那段"隐藏在窑烧里千年的秘密"是如此细腻，因而被小心呵护着，唯恐一碰就破，就像绣花针落到地上，是那么轻盈细微，却又带点小小的危险。而"瓶身描绘的牡丹一如你初妆""你嫣然的一笑如含苞待放""如传世的青花瓷自顾自美丽，你眼带笑意"等句也都是譬喻法的典型体现。

类迭：类迭不仅能使语调和谐，还可强化词句所透露出的意思。"帘外芭蕉惹骤雨门环惹铜绿，而我路过那江南小镇惹了你"两句中连用三个"惹"字就属此用法。有主动招惹之意的"惹"，让"芭蕉"与"门环"两种原本属于被动意象之物仿佛有了生气，芭蕉不再只是认命般让骤雨淋湿其身，而门环也不再被动等待铜绿染身，然后再对照下一句"而我路过那江南小镇惹了你"，整个画面更是活了起来。

转化：在《青花瓷》歌词中使用最多的修辞手法就是转化，"你的美一缕飘散，去到我去不了的地方"也属于转化，在这句词中"美丽"被拟物化，成了飘荡的一缕雾岚，前往到一处故事主角无法到达的地方。美丽，已不复见。人与物之间的界限在此模糊暧昧，词意却变得深刻而丰富。

排比：“帘外芭蕉惹骤雨门环惹铜绿，而我路过那江南小镇惹了你”就是用两个以上结构相似的句法来表达性质相同的意念，显现出句子的节奏感与律动，增强了词意的感染力，强化了“惹”的意象。

夸饰：“炊烟袅袅升起，隔江千万里”夸张了隔江对望炊烟的距离，对应上一句“天青色等烟雨，而我在等你”所指涉的等待，仿佛是如此无穷无尽，而且隔了千万里，显得遥不可及；另一句“你隐藏在窑烧里千年的秘密”，秘密被保守了千年从未让人知道，象征守密者的细腻与坚毅，能让秘密在窑中历经千年煅烧也不泄露一字一句。

转品：简言之，就是转化某一个词原来的词性。例如“在瓶底书汉隶仿前朝的飘逸，就当我，为遇见你伏笔”中的“伏笔”原为名词，在这里作动词用。由于这样的转化，句子顿时有了动态感，进而深刻表达出前一句中的“书写”动作，以及隐含在书写动作下的心意。“你的美一缕飘散”的“一缕”则是数量词转化成副词，整个画面感都出来了。

倒装：“如传世的青花瓷自顾自美丽，你眼带笑意”就是个倒装句，正确的文法顺序应为“你眼带笑意，如传世的青花瓷自顾自美丽”。使用倒装法，让人更有想象空间，一位美丽的女子似乎就这么盈盈笑着站在眼前。

摹写：所谓摹写，指的是在视觉、听觉、嗅觉、触觉上能引起人们感官感受的描写。譬如“色白花青的锦鲤跃然于碗底”就在我们眼前栩栩如生描绘出青花瓷上的锦鲤颜色，尤其在白瓷衬底之下，仿佛即将跃出碗底似的。至于“帘外芭蕉惹骤雨门环惹铜绿”这句词，是不是让你宛若看见庭院里被骤雨打弯的芭蕉摇来荡去，空气中的湿气透进了门环，让它招惹了一身铜绿色，耳边还传来淅沥的雨声呢？

待月西厢下，迎风户半开——在普救寺中怀念《西厢记》和古老的爱情

格桑亚西

山西永济普救寺，原创版《西厢记》的发生地，一座因书生小姐的一夜情而扬名天下的庙宇。从唐朝那个月色溶溶的晚上开始，它几乎是一夜成名，迅即从四大皆空的讲习所，直接过渡成男欢女爱的教研室，最终定型为一见钟情的好去处，山盟海誓的朝圣地。普救寺从此长盛不衰，游人如织，历经千年始终香火鼎盛。

痴男怨女不辞劳苦远渡黄河，相约在这里寻找心灵慰藉，求证爱情真谛，希望那个发生在月明星稀夜的缠绵故事，为现实的情爱提供历史唯物主义的支撑，给摇摇欲坠的婚姻注入古典浪漫的激情。而它原本作为一座佛教寺庙，寡欲清心的功能倒是淡化得几乎感觉不到了。

我站在普救寺山门外的这天，岁月的巨手早已在大地上留下沧桑和变异：蒲州城废弛，古渡口毁弃，黄河水也向东迁移

老远；新修的鹳雀楼上，再没有白日依山尽、黄河入海流的壮丽。黄河故道上，漫无边际的只是草，唯有那些重见天日的铁人铁牛，还在用曾经牵引浮桥，沟通盛世的雄健和奔放，以雍容大气的形制努力让后人想象着盛唐的拂晓，阳刚帅气的年代里，那些商旅匆匆、学子怏怏的单纯时光。在我看来，自唐朝的那个夜晚开始，一千多年来，《西厢记》的故事就一直在重复和延续。尽管花样翻新，版本各异，季节可以由杏花春寒的二月改到暮云低垂的深冬，月色可以是淅沥的秋雨，诗笺可以与时俱进地升级为短信“伊妹儿”，但故事内容的大致线索与情爱节拍的演绎程式是不变的，当然其商标是永远地注册在了唐代的蒲州城外，落款在古道旁的普救寺里，也与黄河及那座消逝的长桥扯上了起伏摇摆的关系。

故事美妙地肇始于唐朝的某一个黄昏由桥东慢慢走来的一个形单影只的穷书生落寞的脸上，又最终凄然地落幕于长亭外那一个渐行渐远的孤单背影。说到底，《西厢记》其实是一个关于背叛的故事，也很有可能就是风流诗人元稹始乱终弃的自传纪实。把它误读为海枯石烂、地久天长的样板戏只是出于善良的愿望，或是对有情人终成眷属的大团圆结局的向往，但在事实上却有悖它的本意。

虽然大唐是雍容开放的时代，但也早已远离了《诗经·郑风》中“出其东门，有女如云”的放浪与纯真。礼教在给社会生活提供了秩序和稳定的同时，也构筑起了冷漠的防范与绝望的藩篱。小姐大都藏在庭院深深、高墙重重的内宅里，没有手机，没有电脑，打不了电话，发不出电子邮件，身边只有亦友亦谍的丫鬟，弄好了充当红娘，翻了脸就是卧底。白天好说，可以做做女红，荡荡秋千，琴棋书画，看蚂蚁搬家，蜘蛛织网，蜗牛在山墙上慢慢爬，再发个春困什么的，就把光阴打发过去了。到了月色撩人的春夜里睡不着可就难了，那些烂熟心底的有关才子佳人、儿女情长的缠绵故事就会发酵、冒泡，弥散出熟透的酒香，以至于双颊酡红，眼神迷离，口干舌燥，心也慌慌的，这觉就越发不能再睡了，即使勉强睡去，做的也全是春梦。

于是，情爱的爆发指数越来越高，燃点越来越低。在这样干柴烈火的枯燥季节里，猛一下在暮鼓晨钟、死气沉沉的西厢院门，遇见风尘仆仆、一脸书卷气的白净书生、落魄秀才，相互之间，血压顷刻升高，眼睛立马放电，彼此惊为天人。于是秋波频送，芳心暗许，免不了女的叹息，男的吟诗。

男说：“月色溶溶夜，花荫寂寂春，如何临皓魄，不见月中人？”

女和：“兰闺久寂寞，无事度芳春，料得行吟者，应怜长叹人。”

琴声叮咚，高山流水。

男的直言不讳：“有美人兮，见之不忘。一日不见兮，思之如狂……”

女的婉转含蓄："待月西厢下，迎风户半开。隔墙花影动，疑是玉人来。"

那时候山西污染小，空气中悬浮的颗粒少，那一夜蒲州郊野的月亮太亮，夜太安静，满院的花又太香，不远处黄河呢喃的水流、老夫人打坐敲击的木鱼声，全都四平八稳得足以鼓励春天所有的胆大妄为。后人推脱说，都是月亮惹的祸。在中唐的那夜，这个理由大体也成立。于是千年前那个春宵，一段两情缱绻的好事不可避免地，不敢避免地，不忍避免地，不该避免地，不能够避免地，成了。

那一夜，兰闺中的小姐像寂寞的花，以赴汤蹈火的决绝，以准备了好多个春天的急迫，毫无保留地绽放在西厢房里。

天蒙蒙亮，小姐——这时候应该是他的娇娘了，偎依身旁，应该是云鬓纷乱吧，绣枕上散落着玉簪，香腮上一抹桃红。

书生在黎明的清寒里，望见墙上的宝剑、案上的书箱，记起高堂的期盼、胸中的抱负，他还得继续西行长安，参加高考，争取进入大唐王朝公务员序列。如果就此贪恋软玉温香，沉迷两情缱绻，消解了仕途功名的理想，时间一长，说不定小姐也会嫌他没出息的。

"碧云天，黄花地，西风紧，北雁南飞。晓来谁染霜林醉？总是离人泪。"这是昆曲《西厢记·长亭》中崔莺莺的唱词。

分别从一开始就是不可避免的。古代中国太多的景物建筑，都是为分离预备的：古道亭台、铁牛浮桥、江边渡口、孤帆远影……戏文中每每这样念白：啊，娘子……啊，相公……

一咏三叹，心碎缠绵。送的人一送再送，直送到十里长亭，泪语哽咽，执手无言，捧一杯温热的酒，道一声珍重，说妾身从此只为君，苟富贵，勿忘我。这样不停地回头，挥手，到青山遮断视线，泪水迷乱双眼，古道旁送别的人儿，还久久地挥动着香帕，不走，不走，怕回去了只有消沉的寺，空空的房，仿佛一切未曾发生，和往夕一样，又是春梦一场。

我现在来到这样的地方，在浮桥长亭的遗址旁，想象古人送别的场景，还每每为他们单纯热切的情谊深深打动。

今天的我们，在月台，在机场，送别早已经失去诗情画意，蜕变成纯粹的仪式与礼节，多格式化的程序，少泪眼蒙眬的真诚，飞机升空，火车启动，送和被送的都松口气——总算是结束了。然后短信邮件，复制粘贴，鼠标轻点，天涯就此若比邻，快捷倒快捷，动人心魄的美却没有了。

书生留恋着小姐的温情。他唇间还留着芳香的气息，头发上有脂粉的滑腻，他发誓要寒窗苦读，衣锦还乡，要明媒正娶，地久天长，要做比翼鸟和连理枝。他就这样一路想着，渐渐走近花团锦簇的长安城。这之后的事情就回到了古往今来始乱终弃的老套路上：他金榜题名，功成名就，在风气开放的盛世长安，挂彩披红，骑高头大马，游行在万众瞩目的朱雀大道，沿途享尽“春风得意马蹄疾，一日看尽长安花”的风光。我想，诗文中的“长安花”，都是线条迷人、顾盼生姿、牡丹一样热情奔放的首都女子吧。

他在丰盛的夜宴上同那些原来冷淡的达官贵人、公子名士推杯换盏、称兄道弟，纵情高吟“我辈岂是蓬蒿人”的诗句，这之后，有曲水流觞的高雅，纸船烛光的情调，夫人小姐，歌儿舞伎，偎红倚翠，莺声燕语，他目不暇接，流连忘返，而普救寺里，蒲津桥头，那个苦苦等待的可怜人儿，渐渐地，怕是连模样也想不起了。

此时，西厢房里的欢娱成了一场时过境迁的风流韵事，在长安城的酒肆里，酒酣耳热的时候，变成了得意的炫耀与忘情的吹嘘，赢得朋友们起哄羡慕的谈资。他甚至会拿出作为信物的罗帕或者玉佩，在朋友们怀疑的时候，充作物证，让众人传看、调侃、品评。

他当然也可能在独自凭栏的秋天，有月亮的晚上，稍微有一点负心的不安和感伤的怀念，然后据此写出传世的诗文，编成哀婉的戏曲，在一千多年中，经久不衰地上演。而对西厢房中的女子，那一夜就是她的一生。男人可以轻易地走进她的内心又轻易地抽身走了出去，理由是长久以来，最最冠冕堂皇、掷地有声、让人不敢抗拒的两个字：功名。月亮落山了，书生上路了，女人从此永远地留在了普救寺中，定格在《西厢记》里，她再也走不出去了，她再也不愿走出去了，她再也没有力气走出去了。她怕书生回来找不到她，物是人非，会上火着急。这一等就是一千多年啊！陪伴她的，除了晨钟暮鼓，就是蒲州城外月光下那几头通体泛出幽幽清光的铁牛，等到后来善变的黄河改道，古桥也毁于洪水或者兵燹，铁牛渐渐没落到泥沙的深处，女人还在《西厢记》里固执地想：那个吟咏“如何临皓魄，不见月中人”的温存男人呢？难道他饮了长安的忘情水，真的就忘记了回家的路？没有回答，除了月影移墙，竹梢风动。

我就这样长久地独自流连在普救寺内外，怀念着古老的爱情，心中有一些不平，一点伤感，还有暗暗的假设和自省：如果时光流转，我就是当年那个穷书生，走出普救寺，走过蒲津桥，在富贵温柔的长安城，就一定会记得痴情的西厢房中，那个孤注一掷的玉人吗？

一两银子的红楼梦

凉月满天

要想知道一两银子在《红楼梦》里有多大价值，首先得知道那时候的一两银子大约折合现在多少人民币。《红楼梦》的故事虽以清朝为原型，生活状况却以明朝为蓝本，所以姑且以明朝的银两价值计算。具体数目或有出入，无法确切考证，不过是给现在要探讨的“一两银子在《红楼梦》中有多大价值”这个话题提供一个参照物罢了。

各朝代银两的货币价值都有所不同，《明史》里提到，七品知县一年的正常俸禄，也就是工资，是四十五两白银，也就是月薪不足四两银子。明朝万历年间，一两银子可以买大米二石，一石约94.4公斤，也就是说，一两银子可以买377.6斤大米。现在我国一般家庭吃的大米在一斤1.5元至2元之间，以中间价1.75元计算，可以算出明朝一两银子约等于人民币660.8元。那么知县的月薪就是2478元。如果不贪不腐，清正廉明，这点钱养家是可以的——养情人就不行了。

《红楼梦》里，贾府这个“白玉为堂金作马”的名门望族是在银钱堆里打滚的，银子这种东西是太不稀奇了。

对于贾母、邢王二夫人、凤姐等上层领导人物来说，别说一两银子，就是二十两银子都是“霉烂”的。贾母要给宝钗过生日，自己拿出二十两银子，被凤姐半奉承半戏谑：“巴巴地找出这霉烂的二十两银子来作东道”。“霉烂的”二十两银子是多少？就是现在的13216元人民币。可是它不过是用来打发“打秋风”的刘姥姥的小钱，或者一顿螃蟹宴的花费。

贾母和邢王二夫人，光每个月的月例——月钱——或者叫作工资，就是二十两银子。王熙凤的少一些，按她自己跟李纨比较的话来说：“你一个月十两银子的月钱，比我们多两倍银子。”那么，她的月钱顶多只有五两，也就是3304元人民币。当然，按她当家辛苦的情分来说，这点钱不算多。可是她又不傻，堤里损失堤外补。不光贪污受贿——比如她弄权铁槛寺，拆散人家的好姻缘，得了三千两的好处，且“自此凤姐胆识愈壮，以后有了这样的事，便恣意地作为起来”。更利用当家之便放高利贷。她放高利贷的资金来源有三：一是月初向账房支领大观园中众人的月钱，到月底再凑别的钱来发月钱；二是每月把自己的月钱零碎攒起来；三就是其他非法的资本，如弄权铁槛寺所得的三千两。“单她这体己利钱，一年不到，上千的银子”，也就是说，她一年的利钱，就是66万人民币。这样一来，她就是个十足的富婆了。

正所谓“得意浓时易接济，受恩深处胜亲朋”，贾府正在蒸蒸日上之时，除了家中下人能沾光分惠，就连八竿子打不着的刘姥姥都因为两进荣国府，把自家的光景打了一个漂亮的翻身仗。

第一次打秋风不必说，第二次形势更为壮观，打秋风一打打到最高层，凭自己的村野之气博得老太太欢心，结果不光连吃带玩，而且走的时候这个也来送礼，那个也来送礼。太太赏了一百两，凤姐赏了八两，加上绸缎、衣服、吃食和宝二爷从妙玉手里抢救下来的那只成窑五彩小盖钟，算下来至少有七八万人民币。按现在农村的标准，七万块钱，可以在三分地皮上盖明三间暗三间、宽敞豁亮的一处好院落，还能养几头耕牛。那时还兴买卖田地，良田也可置几亩。从此以后，告别贫苦，过自已热气腾腾、滋滋润润的小日子。

当然，对于为奴为仆的下层人物来说，一两银子还是当一两银子使。它既代表着身份和地位，又意味着能得到更多的实惠。

王夫人的大丫头金钏跳井死了，好多人巴结奉承凤姐，目的就是想把自家的女儿送过来填补金钏的缺，用平儿的话说，就是想这“一两银子的巧宗儿”呢——这个巧宗可不易得，只有伺候老太太和太太的几个心腹大丫头才能拿到这个价，比如袭人、鸳鸯、金钏儿、玉钏儿、彩霞等。也就是说，她们每个月的工资是660.8元；至于晴雯、紫鹃、司棋等伺候宝、黛、迎、探、惜等新一代主子的贴身大丫头，月钱减等，是一吊——那时一吊钱并不等于一两银子使，银子是硬通货，铜钱相当于现在的纸币，存在着贬值现象，一两银子大约值一吊零二三百钱。那么，她们的工资就是大约550元。看上去钱不算多，但是吃喝穿戴、看病吃药都能使得上太医，一切费用都是官中的，这些钱是净落儿，这就很不错了。而且大丫头得实惠，经常跟上层人物接触，又有实权，又能得赏，比贫薄寒门的小姐的待遇还要好些。至于一般的小丫头，月钱就只有500钱了。500钱，也就是现在的大约275.4元，按时价，也能买一百多斤米，够给家里开销了。而且吃穿用度一样都是官中的，无非就是多挨几句大丫头的骂。对一般的寒门小户、低级奴字辈的人来说，只要红楼不倒，生活总还是过得去的。

正因为尊贵如此，荣耀如此，奢华如此，所以才构成蜃楼般的假象，所有人都以为钱是花不完用不尽的，楼是永远不倒的，园中柳、亭中花永远都是自家的。至于日子嘛，就这么永远过下去就是了。所以别说主子，就是丫头，一样是不知柴米油盐贵的。“寿怡红群芳开夜宴”，众丫鬟给宝玉过生日，凑了共三两二钱银子，预备四十碟果子，抬了一坛上好的绍兴酒。这一顿饭吃下来，就是两千来块。

宝玉尊贵，屋里的丫头也尊贵。晴雯生病，请了大夫来，看完病要付大夫车马钱时，宝玉、麝月二人都不知银子的轻重。宝玉道：“拣那大的给他一块就是了。又不做买卖，算这些做什么！”麝月听了，便放下戥子，拣了一块掂了一掂，笑道："这一块只怕是一两了。宁可多些好，别少了，叫那穷小子笑话，不说咱们不识戥子，倒说咱们有心小器似的。”实际上那是五两的锭子夹了半边，这一块至少还有二两。婆子让她另拿块小的，她都嫌烦："多的你就拿去吧。”这下子便宜了婆子，白得了几百块，比她一个月的工资还多。

芳官肚子饿了，管厨房的柳家的为了巴结怡红院的人，特地给她送来两菜一汤外加饭后甜点的套餐，"一碗虾丸鸡皮汤，一碗酒酿清蒸鸭子，一碟腌的胭脂鹅脯，一碟四个奶油松瓤卷酥，并一碗热腾腾碧荧荧蒸的绿畦香稻粳米饭。”小姑娘却噘着嘴道："这会子油腻腻的，谁吃这个！”怪不得柳家的会借故向司棋的小丫鬟发作道："你们深宅大院，水来伸手，饭来张口，只知鸡蛋是平常物件，哪里知道外头买卖的行市呢。别说这个，有一年连草根了还没了的日子还有呢。我劝他们，细米白饭，每日肥鸡大鸭子，将就些儿也罢了。吃腻了膈，又闹起故事来了。鸡蛋、豆腐，又是什么面筋，酱萝卜炸儿，敢自倒换口味……”

其实，也不是没有清醒的人，新生代的姑娘们都不是吃素的，探春、宝钗和黛玉心里都会算账。黛玉说现在若不俭省，"将来必致后手不接”；宝钗和探春合计着在大观园里搞改革，想办法增收减支，可是没有用。就像一座山，它要倒，单凭几个弱女子想撑住是不可能的。所以结局已经注定，不过是只争来早与来迟。胡兰成在《今生今世》里说：“官宦世家不足为奇，难得是有新做人家的辛苦与志气。”红楼一梦，是把这辛苦与志气统统消磨了，所以才落得无限野云风卷尽，一轮孤月照天心。

这里要单另提一下宝钗，不为别的，只为她的油盐炒枸杞芽。她和探春商议着要吃这个，打发人特地给柳家拿去五百钱——近三百块。柳家的说二位姑娘就是大肚子弥勒佛，也吃不了这么些。“这三二十钱的事，还预备得起。”宝钗说你管着厨房，难保别人不来叨登。这些就当还的他们素日叨登东西的窝。说实话，宝钗是个好当家媳妇，温上怜下，懂事厚道，怪不得贾母会一力把她娶成宝二奶奶。

不算不知道，一算吓一跳，这下子真见识了什么叫钟鸣鼎食之家，簪缨富贵之族。一本《红楼梦》，从头翻到尾，一花一叶，一草一纸，公子小姐，丫头婆子，处处所见，皆是一两银子累积起来的泼天富贵。照这个标准算下来，一般的农村家户，四五口人，春种青，夏收黄，骄阳似火汗水淋漓，一年也不过挣上白银十来两。我是一名大学毕业生，每个月就靠二两银子养家糊口，孝敬父母。好在二两银子也不少，一两银子能买几十斤肉，或者三百多斤大米呢。就这么布衣蔬食，日常茶饭，平安散淡的烟火光景，也着实过得。不用问一两银子的日子怎么过，就这么过。

江湖中的知识分子

段飞猪

《现代汉语词典》里是这样定义“知识分子”一词的：“具有较高文化水平、从事脑力劳动的人。如科学工作者、教师、医生、记者、工程师等。”这个定义太过宽泛，我并不是很赞同，照此定义，知识分子的称谓未免也太过廉价了。

知识分子作为一个独特的阶层，存在于社会的各个角落，随着他们社会分工的不同，其角色也在不断地变化。比如官场中，有的知识分子成了政客；学术界，有的知识分子成为学者，有的却成为学霸；而有的知识分子却因为各种原因，流落于江湖之中，成为一个舞枪弄棒的江湖人士。

知识分子流落江湖，应当是不得已而为之的。从古至今，知识分子大都希望用自己所掌握的各种知识，为江山社稷出一份力。比如战国时期的苏秦、张仪，再比如三国时期的诸葛亮、徐庶，等等。但能够出人头地，成为人中翘楚的毕竟是少数，怀才不遇的才是大多数，就算是李白这样的大文豪，一生中绝大部分时间也是浪迹于江湖，不为重用。

但知识分子天性高傲，即便是流落于江湖，他们也会刻意地将自己与其他江湖中人区别开来，以彰显自己的与众不同。

首先，他们的扮相与手中的兵器便与众不同。黄药师是一袭青衣的中年文士打扮，仅从形象上便远远高于同是天下五绝中阿凡提打扮的欧阳锋和叫花子打扮的洪七公，而其更是将高深的内功化于音律之中，掌中玉箫奏出的《碧海潮声曲》迷倒多少武林中人。经典武侠电影《大醉侠》中的大反派“玉面书生”手中则是一把能放暗器的折扇，白衣胜雪的他与一帮粗手大脚袒胸露腹手使大片刀的土匪们站在一处，立马显出其地位的尊贵与见识的不凡。

其次，知识分子在与人争斗时，所使的武功招式也多了几分文雅之气。张翠山用“云梯纵”在峭壁之上银钩铁划的“武林至尊，宝刀屠龙；倚天不出，谁与争锋”，令金毛狮王谢逊亦是自愧不如；朱子柳与霍都比试武功，用的武器却是一支竹管羊毫；与之相似的还有梅庄四友，分别将琴棋书画融于武功之中……在他们眼里，武功的高下与出手的风度，还是后者更为重要一些，所以朱子柳还是被霍都暗算，而梅庄四友先后败在了当时毫无内力的令狐冲手下。这文人身上的酸腐味，倒是像极了鲁迅先生笔下的孔乙己。

最后，江湖知识分子的学识远高于普通江湖中人。黄药师能一语道破岳武穆其实是死于赵构之手，而并非众人所言之秦桧；李西华能力排众议，指出“杀吴三桂为急，立新皇帝可缓”，一语惊醒梦中人；更有甚者，能以舌代刀，比如《天龙八部》里函谷八友中的三哥苟读，以《论语》以及诗书礼乐为兵刃与少林高僧玄痛过招，最后更是用东晋高僧鸠摩罗什的“仁者所得法，幸愿示其要”偈句，说得这位大和尚大彻大悟，坐地圆寂！可见，相比于刀剑，知识分子的唇舌与手中的笔更能伤敌。鲁迅先生把笔比作匕首、投枪，的确是不为过。

当然，江湖中的知识分子相对于其他江湖中人，却又是多了几分儿女情长，少了几分英雄气概。段誉身为大理国的储君，却沉醉于钟灵、木婉清的柔情，只知道见了“神仙姐姐”纳头便拜，一生最重要的时刻也只不过是在那“一口烂泥枯井中”，胸襟远不比其大哥萧峰。陈家洛身为红花会大当家，书剑双绝，有勇有谋，本该成就一番大事，偏偏却绕不过一个情字，见了女扮男装的李沅芷和霍青桐亲近，顿时打翻了醋瓶，之后见了更为美貌的香香公主，又把“翠羽黄衫”放在了一边，跟他大哥乾隆抢起了女人。结果，不仅女人没抢到，政治上也彻底失败了。

相较于陈家洛的情场失意战场也失意，他的小弟余鱼同的故事就更加耐人寻味了。对余鱼同而言，他是红花会里除陈家洛之外唯一一个读书人，这种身份使他有了一种天生的优越感，他认为他跟四嫂骆冰才是天生的一对，文泰来也是比不上他的。而恰恰也是这种优越感，使他成为红花会中最孤独的一个人，这是精神上的孤独感。知识分子加入革命后立场有可能不坚定，终极原因是其精神上的孤独而非物质上的吃苦。而正是这种孤独感让余鱼同有了严重的自虐倾向——他先是用匕首将手臂刺得伤痕累累，最后又冲进火里毁了容。当然，余鱼同还是找到了革命征途上的伴侣，革命意志最终也没有动摇。但即便如此，江湖事对于像余鱼同一样的知识分子来说，还是太残酷了些。

“人在江湖，身不由己”是古龙的一句名言，就像一杯陈年老酒，很深邃，亦很伤感。但我感觉这句话更像是出自一位浪迹江湖多年、尝遍人间冷暖的知识分子之口，而诸如李逵、桃谷六仙之流的莽夫，是无论如何也说不出来的。

看过一篇文章，里面有这么一句：江湖少了文人，就变成了市侩；文人不懂得江湖，便只能书生意气。这话说得真好。